その声を力に

早乙女勝元

新日本出版社

目　次／その声を力に

序　この夏のできごと　7

少年期　19

戦争　31

戦後を生きる　57

忘れられぬ人 141

この日この時 171

あとがき 181

序　この夏のできごと

小林多喜二文学碑前に立つ私（小樽市、
鴫田節夫さん撮影）

1　平和のバトン

この夏のことから始めるとしよう。

二〇一七年八月十二日から四日間、私どもの「夏休み特別企画」が行われた。

私どもというのは、東京大空襲・戦災資料センター（江東区北砂）のことで、東京都が「平和祈念館」建設計画を凍結したことにより、やむにやまれず、民立民営でスタートしたものだ。

東京の戦災を総合的に継承する唯一の施設として、十五年間にわたり、「知っているなら伝えよう、知らないなら学ぼう」で、これまで約十八万人の来館者に、空襲の実態と、平和といのちの大切さを伝えてきた。特別企画は、体験者の語りに朗読、映像に紙芝居、若い世代の発表など盛りだくさんだが、主催者は朝から天候まで気になってしまう。ことしも大勢来てくれるかどうか。館長役は身も細る思いである。

それが、蓋《ふた》を開けてみて、びっくり。百人入りホールは大盛況で、最終日には二百人近くとなり、ラッシュ並みになった。

親子連れ、孫連れが目立った。「ナマの体験を聞ける場所」という認識で、素直に実感できる体験を子どもに、と思う親たちが主力だった。夏休みの宿題で来た小学生もいれば、近所の人たちも多かった。内容では、女子高校生の展示ガイドが特に好評で、若い人たちの出番が評

2017年８月、若い人たちもたくさん参加した東京大空襲・戦災資料センターの特別企画（照屋真治さん撮影）

価されたのが喜ばしかった。

私は一日目の冒頭で、短い挨拶《あいさつ》をした。

「いつのまにか八十五歳。さっき、お若いですねなんて声がありましたが、若くないからいわれるんですよね」

（笑い）

「来館された方の中には、著名な日野原重明《ひのはらしげあき》先生がおられます。先頃、百五歳で亡くなられたのは残念ですが、先生を思えば、私はまだ二十年もあります（笑）。次世代に平和のバトンを手渡すべく、もうひとふんばりと考えております」

予想外の拍手に、もうひとこと。

「みなさん、ご一緒にね」

2　日野原先生

超多忙な日野原重明先生が、私どもの戦災資料センターに見えられたのは、二〇〇九年の秋だった。エレベーターなど見向きもせずに階段を使った先生は、たしか九十七歳のはず。前夜は仕事で、やっと二時間ほど眠っただけという。

一通りの展示を見てもらった後、私は自分の大空襲の説明よりも、もっぱら聞き役となった。

「先生、少し戦中のことを…」

「私どもの病院名は、聖ルカにちなんでの由来でしたが、軍部が十字架をはずせとか、大東亜中央病院にしろとか、ひどい目に遭いましたよ。空襲になると、避難民や負傷者がどっと押しよせてくる。ここなら爆撃はされないだろうと、ね」

「三月十日の時は、いかがでしたか」

「そりゃ大変なものでしたよ。みんな火傷《やけど》だらけで、受け入れ態勢は必死でした。廊下にまでベニヤ板を並べて収容はしたものの、肝心の薬がない。仕方がないから新聞紙を燃やして、その黒い灰でじゅくじゅくの分泌物を吸収させる。そんなことまでやりましたよ」

「治療を要した負傷者の人数は」

「およそ千人くらいかな。何もかもが極端に欠乏していました。食物も衣類も最悪で、治療どころの話じゃなかった」

「先生は、おいくつでしたか」

「三十三歳かな。内科医でした。医師として実に悲しく、やりきれなかったですよ。だって患

東京大空襲・戦災資料センターを訪れた日野原重明先生と私

者を助けられないんだから。次々と出る死者は、処理班がありあわせの棺に入れて、どこかへ運んでいきましたよ。この世のものとは思えないほど、悲惨でした」

「……」

「いのちは尊いものです。どんな理由があっても戦争は避けなければいけない。いのちをあずかる医師や看護師が、平和憲法を守る運動の先頭に立たなければ…」

予定の時間はとっくに過ぎたが、私は意識的に腕時計を見ないようにした。先生、お疲れさまでした。

3 「防火弾」

まだ八月の猛暑のさなか、空路、札幌へと向かう。次いで迎えの車で岩見沢へ。岩見沢の廣隆寺さん主催による夏の公開講演会に呼ばれるのは四回目で、会場は本堂だ。

不殺生《ふせつしょう》が宗教者の本分とは知っていたが、いつも住職一家の平和への熱意には、ほとほと頭が下がる。それればかりではない。本堂改築の際に発見された「防火弾」なる戦中物品が、私どもの資料センターに提供されている。

「お役に立つようでしたら…」

という住職からの電話に、事務局は喜んだが、それは「真空式硝子瓶《ガラスびん》」に入った液体で、「猛火を一瞬間に消す威力」があり、「永久不変」と、ケースに標記されているとか。すると宅配便扱いにはならないし、飛行機に持ちこむこともできない。誰かが列車でもらいにいく以外にないと知って、当惑した。結局、事務局の語り部役の二瓶治代《にへいはるよ》さんが、この大役を受けてくれた。

同じ戦中派でも、こちらは小心者で、もしも爆発したらなどと、考えてしまう。

彼女は行きは空路で、岩見沢の小集会で空襲体験を語り、帰途は寝台特急で帰ってきた。もらい物は寝台列車の枕元に置いたが、心配で一睡も出来なかったという。

その現物を手にして見ることができたが、ウイスキィ瓶ほどの透明な瓶で、チャプチャプとした液体の正体はわからない。戦中に私の父が、防空演習のたびに手にした竹製、菊の紋章入りの水鉄砲「防火用消火筒」の類ではないかと思う。

今回の講演会は京都大学の藤原辰史《ふじわらたつし》先生と一緒で、先生のお話と、同志社グリークラブOB

硝子瓶に入った「防火弾」とその箱（東京大空襲・戦災資料センター所蔵・展示品）

のミニコンサートなどで楽しく、会場は大いに盛り上がった。

「平和を探して生きる」

それが私の演題だったが、「防火弾」のことに触れるつもりが、つい忘れてしまったのが残念でならない。翌日は小樽へと移動する旅だった。

4　小林多喜二

八月とあって、「おたる平和のつどい」は、二十分の朗読劇「パパママバイバイ」に続く講演会だった。朗読劇は横浜市での米軍機墜落事故を題材にした物語で、原作はその昔私が書いた絵本である。

この国に米軍基地がある限り、いつでもどこでも起こり得る悲劇でと前置きして、話を始めた。手持ちのマイクで、立って一時間だが、八十五歳の私でもまだなんとかイケる。百五歳まで頑張っておられた日野原先生を思えば、できないはずはない。

翌朝は短時間だったが、車で小林多喜二の碑に案内してもらった。旭展望台までは歩いていける距離ではなく、曲がりくねる坂道だ。途中に多喜二が通学した小樽高商（現小樽商科大）があって、汗水流して地獄坂を上っていった多感な青春が、偲《しの》ばれる。

本郷新 作の多喜二文学碑は、本を左右に開いた形の石造りで、立派なものである。ここまで来たのは初めてで、感無量だった。私が『蟹工船』を読んだのは戦後まもなくのことだったが、その時の衝撃は忘れられない。いつかきっと神風が吹くと教えられた戦争だったが、いち早く侵略戦争だと見抜いて、命がけで反対した人びとや組織があったことには、無知だった。

それから多喜二作品を夢中で読んだが、特に特高警察による拷問は、あまりにも残酷で、貧血を起こしそうになり、読み進めることができなかった。

山から下りて、街なかの小樽文学館へ。多喜二のコーナーで、『蟹工船』の原稿を見ることができたが、驚くほどきれいな文字だった。現代作家のほとんどは、パソコン打ちで書いているのだろうが、私はパソコンもケータイもなしで、原稿は鉛筆書きである。それも、多喜二のような正統派の文字ではない。

いつの日か、記念室でもできて、肉筆原稿が展示されたらと思うと、ぞっとする。

これは杞憂《きゆう》にちがいなく、そんな先のことより、冷えたビールが飲みたくなった。

窪島誠一郎さん（左）と談笑する私（上田市の「無言館」で、照屋真治さん撮影）

5　「無言館」

この夏はあわただしかった。

北海道から帰って、一日だけ家にいて雑用をこなし、娘たちとともに信州へ向かう。娘の彼は腕のいいムービーのカメラマンで、私どもの戦災資料センターでは、展示の見直しに映像を重視している。それで今回の上田行きの目的がおわかりになろう。「無言館」館長の窪島誠一郎さんに会うためだ。

窪島さんが、鉄骨三階の戦災資料センターに登場したのは、つい先頃のことで、白髪をざんばらにした長身に驚いた。

「もっと大がかりなところかと思ってましたよ」

といって笑う表情は、意外に親しみやすかった。ざっと展示を案内したが、途中で話しかけられた。なぜ創設したのか、と。

「なぜって、大空襲では一夜にして、十万人もの都民が死んでるんですよ。その声なき声の継承です。戦後も七十二年。ひょっとして戦後でなくなる時がきたら、大空襲もなかったことにされかねませんからね」

窪島さんはカラカラと笑って、

「そりゃ共謀罪の恐れあり、だな」

「共謀罪ね、なるほど…」

私も笑ったが、後になってから、笑いごとでないような気がしたものである。

上田駅から、レンタカーで二十分ほど。塩田平の緑に囲まれた「無言館」は、戦没学生の絵画を収集・展示する美術館だが、再会できた窪島さんは、顔色もよくお元気そうだった。しかし、命にかかわりかねない大病の後で、創立から二十年を経た美術館を次世代にいかに引き継ぐかに、頭を悩ませていた。それは、民間募金で立ち上げた私どものセンターにも、いえることだった。

絵画作品の劣化も、頭の痛いことだそうで、さらにこれから無事に維持していけるかどうか。おたがいに悩みは共通していた。

それでも娘の彼による映像が、どんなふうに仕上がったか、そんな楽しみもあるので、高齢の疲れも、スンナリ抜けるのである。

松代大本営地下壕での私（照屋真治さん撮影）

6　大本営とは

翌日、別所温泉の宿から、車で北上すること小一時間、松代《まつしろ》大本営地下壕《ごう》を見ることにした。地下壕というと、戦時中の防空壕を思い出す人が多いが、規模も内容も大いに異なる。

そもそも大本営とは何か。天皇直属の戦争最高指導部のことだ。本土決戦近しということで、「遷都《せんと》計画」が立案され、昭和十九年末から翌年八月迄《まで》に、急ピッチで作業されたもの。松代町を中心に三つの山を結んで、総延長十キロ余もの、極秘の地下壕である。

見学には、ヘルメットの着用が義務づけられている。入るとすぐ下り坂になっていて、かなりの冷気に、あわてて上着をはおる。天盤の低いところでは、ぽたぽたと水滴が落ちてくる。最小限の照明はあるのだが、凸凹《でこぼこ》通路に冷や汗ものだった。

「当時は、ずりを運ぶトロッコが往復していて、始めのうちは三交替でした。ほとんどが朝鮮人による強制労働でした」

「朝鮮人、何人くらい？」

「よくはわかりませんが、約七千人と推定されています」

ガイドの女性がいう。もちろん犠牲者も出たが、その実態についてはまだ未解明な部分が多いという。戦後も七十年余でわからないものは、この先もわかるかどうか。

当時の軍部はここで、上陸作戦の米軍と死闘を交えるつもりだったのだ。七月二十六日にはポツダム宣言が出ていたのだから、早めに受諾すれば、原爆投下もソ連参戦もなく、突貫作業中の松代でも、かなりの人命が救われたはずである。

地下壕の公開部分は五百メートルでしかなく、天皇の御座所だけはほぼ完成していた。

やはり特別扱いかとこだわりながら、上田へ戻り、駅前の若菜館三階の小宮山《こみやま》量平《りょうへい》記念室を訪れる。出版社の理論社の元社長で、私は、若き日のお世話になった日々に思いを馳《は》せつつ、帰途へ。

以上がこの夏の旅からで、次はわが人生の振り出しから、本論に入るとしよう。

少年期

私と母。荒川放水路の土手下で

7　「負元君」

ペンネームですか、とよく聞かれる。

「いや、本名ですよ。何か…」

「時代物めいた感じですものね。早乙女姓には旗本退屈男がいますし」

「勝元は、室町時代の武将、細川勝元にあやかったと、親父《おやじ》がいってましたっけ。迷惑な話で、先生からも負元君《まけもと》とね」

「はっはははは、そりゃ面白い。物語になりそうだ」

若い編集者は声をはずませて笑い、おかげで私は、絵本『負元物語』を書くこととなった。

昭和七（一九三二）年三月、現在の足立区柳原に生を受けた私は、四人兄姉の末っ子で、生まれた時から虚弱で、病気がちだった。

一歳までにハシカ、百日咳《ぜき》、ジフテリアとやって、「骨と皮ばかりにしぼんで、あの世行きかと思ったよ」とは、今は亡き母の言葉である。荒川放水路の土手下の長屋はどこも貧しかったが、わが家は極貧だった。もともと食うや食わずだった生活が、私にかかる医療費で、さらに苦しくなったものと思われる。

この時期の健康上のハンディは、それからの私の成長と精神形成に、少なからぬ影響をもたらすことになった。陽性でたくましく生命力の強い兄とは対照的に、私はひどく内向的なうじうじ型の気の弱い子どもになり、自分になんらかの危害をもたらしかねない暴力的なものを、本能的に嫌うようになった。押しつけがましい者や、威張った者も同様である。

小学校での私は、しばらくの間、母が隣席にいてくれた記憶がある。

いくら昔のこととはいえ、そんな子は他にいなかったのだが、極端に人見知りするせいで、集団になじめず、学校恐怖症になっていた。入学式の朝、校門にはためく巨大な日の丸と、拡声器から響きわたる「僕は軍人大好きよ」の騒音に、カタツムリみたいに萎縮したのだった。

私と母（右）。左は近所の親子（1937年頃）

8　見学組

保護者同伴で通学した小学校は、四年生になったとたんに国民学校に改称された。わが家はその頃、夜逃げ同然で向島区（現墨田区）寺島町に引っ越している。その年の十二月に太平洋戦争が始まり、戦火は中国大陸から太平洋にまで拡大した。

毎朝、ランドセルと防空頭巾《ずきん》を背にしていく学校は、私の前に立ちふさがる威圧的な、重苦しい壁だった。軍隊式の教科が、急に授業に割りこんできたからである。教科の中には、武道も加わった。

男子が剣道着着用で、講堂中に竹刀《しない》を振ってヤアヤアオウとやれば、女子は運動場でエイエイトウと、掛け声かけて長刀《なぎなた》を振るう。そして、やたらと体育の時間が多くなった。

もっとも、私はほとんど番外だった。

理由は頭痛と腹痛で、それをかわるがわる口にした。よくしたもので、運動場に出たとたんに、それらしい症状が表れ、顔面から血の気が引いてくるので、先生もまたかという顔で、いつも見学組に回されていた。

反抗心はともかくとして、すべての競争心に乏しい私は、やればできたのかもしれないと、今にして思うが、実は別な理由もなくはなかった。

姉のお下がりのセーターや、継ぎあてのあるシャツなど、絶対に人目にさらしたくなかったのである。おかげで体育の成績は下の下だった。

他の教科も似たようなもので、だから驚くこともなかったのだが、戦局が悪化するにつれて、少国民の体力増強の通達でも出されたのか、見学組ではいられなくなった。追いはぎにでも遭ったように、上体をさらしてのいや応なしの出番となる。

特に忘れがたいのは、クラス対抗の負け抜き相撲だった。今日《こんにち》からは容易に信じてもらえないだろうが、勝ち抜きの逆で勝った者は土俵外に出て、敗者は残り、勝つまでやれというルールだった。

9　負け抜き相撲

負け抜き相撲は、最後の敗者がどちらの組に属していたかで、勝敗が決まる。

私は土俵に上がったとたんに、あっさりと負けた。むろん本番は一度ですませたかったが、相手も負ければ取り残されるのだから、妥協はない。「撃ちてし止《や》まむ」の戦士育成に、私はおめおめと最後まで負け続けた。

疲労の上に、汗と泥にまみれたボロ雑布《ぞうきん》みたいになれば、逆転勝ちなど望むべくもない。私のいたクラスは、ほとんど勝ち目がなく、

「お前みたいなのはお国のためにならん」

と、先生から小突かれる屈辱感といったら、最悪のものだった。たまには同情してくれた友に負けて

兄、姉たちと向島百花園で（1943年）

もらって、救われたこともないではなかったが…。

　当時、男子の進路はことごとく軍人志望で、他の職業を志す者がいたとしても、口にできる状況ではなかった。私はいたたまれずに、頻繁にズル休みをしたが、国策から落ちこぼれの、ダメ子どもだったと思う。

　学校から家に帰っても、団欒《だんらん》めいたものはなかった。父はめったに家に寄りつかず（その真相は後にわかったが）、母は女手一つで針仕事に没頭した。何もかもが配給制に移行すると、その針仕事も先細りしていく。

　母はもよりの授産所でミシン掛けをしたり、病院の住み込み派出婦で数カ月も出張したりした。兄は師範学校を受けて寮生活となり、長姉は祖父母の養女に、次姉はまだ小学生なのに、学校帰りに大通りの商店の子守りになった。

　私はぽつんとひとりぼっち。学校が終わると、家の押し入れにもぐりこむようになった。すると好きな夢が見られるのだった。

　貧困生活が私にもたらしたものは、寒さとひもじさと、手足がひとりでに震え出すような、底なしの孤独感だった。やがて針仕事を失った母は、新聞の集金人になった。朝早くから外出する母の帰宅は、電灯のともる頃で、子ども心にも母の疲労が案じられた。

10　かあちゃん

新聞の集金人になった母が、おむすび一つを鞄《かばん》に入れて、昼の時間も惜しんで働くのだという話に、ふと懸念が生じた。

「じゃ、かあちゃん、オシッコ出たくなったら…」

「集金先の家か、どっかでさ」

「どっかって、どこ?」

若いころの母

「ほら、原っぱがあるだろうよ」
私は、目の前が真っ暗になった。その目をふさぎたくなった。この町にどれだけたくさんの母親がいるかしらないが、これほどみじめで哀れな母は、ほかにはいないと思った。
現在と違って、街に公衆トイレはなく、かわりに雑草地がいくらもあった。もしも誰かに見られたらと思うと、そんな母に学校近くを歩かれるのはいやだった。そう、絶対に! 私は歯形がつくくらい、強く唇をかみしめたのである。

ところが、ある日のこと、例によってズル休みで街をうろついていた私は、街角で偶然にも仕事中の母を目撃した。もんぺにズック靴の母は集金袋を肩から下げ、伝票の束を手にして現れたが、次の横丁へと歩いていくところ。小柄でやせた体なのに、驚くほどの歩幅だった。しかも、何か口ずさみながら歩いていく。その歌声が私をとらえた。

私が思い描いたみじめさなんか、ひとかけらもなかった。むしろ、誰よりも頼もしく思えた。母は歌うことで、自分を励ましながら、懸命に働いているのだ。その母の子が、ちっぽけなことにくよくようじうじしている。そんな、なめくじみたいな負元でよいのか。よいはずはない。ぼくだってやればできるのかもしれないんだと、叫び出したくなったのである。

といっても、それですぐ内気な性格が変わるわけではない。どうしてこんなにと思うほど、泣きたくなることの連続だったが、あの日あの時の母の姿を思い起こせば、少しは気が晴れるのだった。

11　帰らぬ父

そんなある日のこと、いかつい肩をしたハンチングの男が家にやってきた。目付きの鋭い男だった。手帳に何か書きつけながら、

「呆《あき》れたな、どっちが本物の家なんだか。なにせ奥さん、あっちにはチビッ子もいるんだからな」

と舌打ちしたのを、私は聞き逃さなかった。後ろ姿しか見えなかったが、母は棒立ちのままだった。男は刑事だった。そして、こうもいった。

若いころの父（右）

「困った男だ、勝《かつ》ん馬《ま》さんも。非常時だちゅうのに、人をたぶらかすことばかり、あくせくと。非国民だよ、まったく。ま、今度はそう長くは引きとめんが、奥さんからも、少しは薬をきかしてもらわんことには……」

　男が立ち去った後、母はふらふらと部屋に戻ったが、畳の隅に座ったまま、うなだれきっていた。

「うちの父ちゃん、ほかに家あんの？」

私は驚いて、今、耳にしたばかりのことを口にせずにはいられなかった。何がどうなっているのか、さっぱり理解できなかった。

当時の母が、めったに帰らぬ父の背後関係にどの程度まで通じていたかは不明だが、おそらく自分だけの胸にたたんで、子どもたちには内聞にしておきたいはずだったと思う。

しかし、私には思い当たることがあった。父は久しぶりに帰宅した時に、時流に便乗した商品を得意げに見せた。「武運長久」と金文字で印刷されたセルロイド製の小箱で、兵士たちの髭剃《ひげそ》りセットだった。その資金の不足分を調達中とのことだったが、そんな金どこにあるかと、母は軽く一蹴した。

「今度はもうかる」

酒臭い父の口ぐせだったが、それほどもうからぬ話ばかりだったのだろう。

しかし、もう一軒の別の家があるとは信じがたく、さらに警察のご厄介になるとはとんだ貧乏神で、私はそばに近寄るのも不快だった。

12　おぬし、学校は

私は、この父に猛反発していた。

まるで、不条理の塊のように思えた。ことに戦局が傾きはじめると、父は外での自由を失ってか、家にも現れるようになったが、よほどいら立つのか、夫婦ゲンカが絶えなかった。私は、私たちが明日の米代にも事欠くのは、父があまりにも無責任だからなんだと、面と向かって言ってやりたかった。

しかし、その報復はただ事ではないから、日常の会話に返事くらいはするが、絶対に白い歯を見せまいというのが、私の意地であり、抵抗だった。

まだ若い頃、宇都宮で歌舞伎小屋の支配人だった父は、芸人たちから「大夫《たゆう》元さん」と呼ばれていた。大夫とは上級芸人のことで、その元締めだったのだ。しかし、松竹王国の時代に入ると、口先だけの一匹狼《おおかみ》は簡単にはじき飛ばされて、あとは定職もなく、うつうつたる日々だったようだ。そんな事情を知らないではなかったが、弱い者に当たり散らす卑劣漢を、私は許せなかったのだ。

ところが、学校をさぼってふらふらしていた私は、横丁を曲がったとたんに、父とふいに鉢合わせしたことがある。

「おぬし、学校はどうした？」

父の問いかけには、プイと横を向いた。

「学校で、どうもぱっとしないようだな、おぬしは。泣きべそかきでは、勝元の名前も浮かばれないぞ」

「……」

「返事はないか。ま、それもよかろうさ。言っておくが、勉強せんとな、おぬし、わしのようになるのだぞ」

この一言には衝撃を受けた。鋭利な刃物がぐさっと、胸に突きささったかのようだった。

父は苦労人で学校教育とは縁がなく、幼少期から人の顔色ばかりを気にして生きてきたせいか、とっくに私の心中を見抜いていて、反面教師の役に徹しようとでも思っていたのかもしれない。

戦争

国民学校高等科のころの私

13　赤紙

昭和十九（一九四四）年三月、私は国民学校初等科を終えて、高等科へと進んだ。初等科は現在の小学校と同じだが、高等科は二年制で、下町の子どもらの大半は、高等科から社会に出るようになっていた。旧制中学に進む者はごく一部で、私とは無関係だったが、この時期に横須賀海兵団から、兄に召集令状がきている。

兄と私とは、年齢で九年もの開きがあって、あまり兄弟という気がしなかった。しかも彼は昼間働きながら旧制の夜間中学に通い、卒業すると師範学校へ進んで教職についたから、顔を合わせる機会も少なかった。

その兄が外出先から帰宅した時に、誰よりも先に「赤紙」（召集令状）を手渡したのは私だった。

「あんちゃ、きたぞ、兵隊が」

「なに、どこの兵隊だ」

「どこのじゃないよ、あんちゃんがいくんだ、海軍に」

「そうか、やっぱりきたか」

と兄は、ごくりと生つばを飲みおろして、

兄（左）の出征（1944年）

「くるべきものがきたってことだ。あわてることはないさ」
ふふっと笑ったが、すぐに笑いは消えた。
兄が軍人になれば、私も少しは鼻が高く、学校で面目も立つのだが、街角では無言の帰還が続いていた。表札の横に「英霊の家」と標示された家の前では、直立して一礼をしなければならなかった。

もしも、兄が「英霊」になったら、どうしたらよいのだろう。弟たる者、その仇《かたき》を討つべく後に続かなければいけないのではないか。少年航空兵は十四歳から志願できる。それまで、もうちょっとしかない。やっぱり兵士にならなくちゃいけないのかなあと思うが、とたんに心臓がおかしくなった。

「あんちゃん」

私は立ちつくしている兄にいった。

「水兵になっても、英霊にはなるなよな」

14 パン泥棒

木造二階建てで、見るからに安普請《やすぶしん》の校舎は、高等科だけの学校だったが、通学し始めたとたんに、私は唐突に級長を命じられた。

きっかけは、給食のコッペパン泥棒が出たことだ。犯人は同じ貧乏暮らしの金田君と信じこんだ私は、彼の身代わりになったのである。彼が自分のパンの半分を、弟や妹たちに持ち帰るのを知っていたからだが、それがとんでもない結果になったのだった。

この話は美談めいていて好きではないのだが、私にとっては大事件で、省略するとその後の私が私でなくなるように思えるので、概略を記すこととする。

当時の食糧難は、現在からの想像力の限界を超えている。隣組を通じての配給は遅配と欠配続きだった。空腹を補うのは代用食だ。「何がなんでもカボチャを作れ」の日々とあって、黄疸《おうだん》みたいな顔色になった者もいた。

学校での給食のパンは、たいそうな貴重品で、当番から机上に配られてくると、先に目分量を確認せざるを得ない。それが不足するなど絶対にあろうはずがなく、先生は赤鬼の形相で身に覚えのある者は、五分以内に前に出よと声を震わせた。

私の胸は早鐘となった。私は自分がどうなってもいいと思った。それほど、金田君をみじめな場に立たせたくはなかったのだ。病気だった母親が死んで、小さな弟や妹たちのために、彼はそれこそ兄貴らしいところを見せたかったのだろう。

それが、一個のパンに集約させられたとしたら、と考える余地はないのだろうか。よいことを思うあまり、パン泥棒の悪い結果がもたらされたのだ。何もかも全部が悪いというのじゃない。

そのよい部分でさえ、彼が一歩前に出ることで、いい訳など聞かれることもなく、黒一色に塗りつぶされてしまう。私は無意識に声に出していた。

「先生、ぼ、ぼくです」

15 真犯人

先生の顔に、二つの目が大きくはじけた。その後のことはよく覚えていない。あるいは一発くらいもらったのかもしれないが、先に私のほうがよろめいていた。

授業の終了後に、校舎の裏に呼ばれた私は、先刻の理由を聞かれた。金田君一家の窮状を話したのだが、先生は首をふって、

「金田はパン泥棒じゃない。むろん、おまえもだ。真犯人は別にいる。先生はな、その名前ま

国民学校高等科のころの私

でちゃんと知っているんだ。おまえがノコノコ出てきたばかりに、奴《やつ》の心を入れ替えるのに失敗した。まだチャンスはあるが」

「……」

「しかし、おまえもおかしな奴だな。負元とばかり思っていたが、そうでもなさそうだ。驚いたよ」

　先生は、歯切れよく笑った。

　というわけで、私は一方的に級長にさせられたのだが、実に乱暴な話でもあれば、ありがた迷惑この上なしの話でもあった。もっとも新学期のクラスはみな新顔ばかりで、まだ役員も決まってなかった。一同は級長は任命制かとでも思ったようだったが、私には大迷惑だった。

　この時期の国民学校高等科は、さながらミニ軍隊と同じだった。しかも級長たるもの、一小隊の先頭に立たねばならない。

　むろん私にはすべてが初体験だった。先に立つ者の後《うし》ろで、前者の動作をまねて付いていけばよかったものが、その前がふいに消えてしまったのだ。しかも、分列行進がやたらと多くなった。「気ヲツケ」「右ムケ右」「前ヘ進メ」「イッチニイッチニ」「歩調トレ」「頭ァ右」などの絶叫は、喉のどのあたりから出てくるのかと思っていたが、それが他人事ではなくなったのである。

運動場いっぱいに響きわたる声なんか、出せるものではない！

私は恐怖で泣き出したくなったが、でも、死にもの狂いで出せば出るし、やればできるのだった。

16　活と勝と克

「やればできる」

と個人的に告げたのは、ほかならぬ先生だったが、教室では授業前に新級長の紹介から黒板に「克」の一文字を大きく書いた。

「先生は、あえて冒険を試みる。この聖戦をたたかいぬいて勝利の日を迎えるためには、なんといっても、おまえたち一人ひとりの強力なカツが必要だ。カツとは活力の活、勝利の勝つ、そして己に打ちかつ克だ。やればできる。最初からできないと決めてかかる必要は、これっぽっちもないぞ」

その時私は、羞恥で消えてしまいたくなり、ガクガクする膝をこらえるのに、大汗をかいていた。

先生のいうことはもっともだったが、私はクラスでの、いや、学校でのみなの目が怖くてならなかった。私の歩いて行くところ、廊下で、運動場で、あるいは学校菜園で、みなの目が意味ありげに私に向けられて、何かひそひそ耳打ちしているような。

――ほら、ほら。

――あ、あいつか。

――そ、あいつだよ。

――強いのか。

――強くなんかないよ、負元だ。

こちらの思い過ごしかもしれなかったが、学校では、一瞬の息抜きもできない。事実、級長役は私にはあまりにも荷が重く、性格的にも異質なものだった。だから失敗の連続で、慣れることもなかったのだ。

校門を出ると、ほっとする。買い出しにでも行って、重荷を下ろしたみたいに、体がひょいと前のめりになるかのようである。

それでもまだ警戒心を解くことなく、人通りのない路地裏をえらんで帰宅するのを日課にしていたが、なんとか級長らしい号令も出るようになった八月には、もう学校へ行かなくてもよいことになった。学校教育の停止で、学童疎開と、学徒勤労動員が始まったのだった。

17　残るも地獄

学童疎開の対象は、国民学校三年生から六年生までの児童で、敵機による本格的な空襲近しという、当局の判断によるものだった。

縁故先のある者は縁者をたより、そうでない者は学校単位で先生に付き添われ、遠い山奥の旅館や寺院で生活しなければならなくなったのだ。上野駅は、連日のように出発する児童であふれた。なかには遠足にでも行くような子どももいたが、送るほうはみな泣いている、と教えてくれたのは母である。

私は、ほっと胸をなでおろした。昭和七（一九三二）年三月末生まれの私は、わずか数日の差で学年が一年上になり、うまく疎開を免れることができたのだった。

しかし、去るも地獄なら、残るも地獄だった。勤労動員が強化拡大されて、学徒ではなく学童でしかない十二、三歳の私たちにまで及んできたのは、九月に入ってからだった。級長でさんざんな目に遭った学校は、一学期だけで終了、級友たちは分散させられて、それぞれの現場に駆り出される日がやってきた。

動員一日目の朝は、生徒全員が学校に集合、一人ひとりに「神風」と朱文字の目立つ手拭いが支給された。一日目だけは、その鉢巻きを締めて「出動せよ」とのことだった。色あせた手拭いは今も手元にある。

「いざとなれば、神風が吹く」

というのが、当時、学校での流行語で、耳にたこができるほど教えられたものだったが、「なぜ?」と聞いた者はいなかった。

日本が神国で、敵が鬼畜米英なら、まさかの時には神風が吹くというのは、神頼みもいいところだが、問題はその後だ。

神風が吹くのを待てばいいのか、その神風の一員になれということなのか。

私には、その後者のような気がしてならなかったが、決して口外はしなかった。動員で級長役が解かれたのはしめしめだったが、次に学校へ行ける日がいつ来るのかは、誰にもわからなかった。

18 トロッコと弁当

私たちの動員先は、隅田川沿岸の工場地帯でも、きわだってばかでかい煙突とクレーンを屹《きつ》立《りつ》させて、迷彩色の溶鉱炉を心臓部にした大鉄工場だった。持ち場の作業は野外のトロッコ押しである。

トロッコには、銑鉄《せんてつ》、小鋳鉄《ちゅうてつ》、スクラップなどの地金塊が山と積まれている。二人がかりで押し上げていく軌道は、最初は平地だが、二本のレールを吸いこむ急勾配の先に、金粉の火花を噴きあげる巨人のような溶鉱炉があった。

運ぶといっても、すべてが人力で、特に坂道がきつかった。少しの気のゆるみで、トロッコは逆走し、押し役はつぶされそうになる。防空頭巾から露出した頬《ほお》は鉄さびでひび割れになり、両足がガクガクになった。

昼になると、一般の労働者は豆カスばかりの給食にありつけたが、私たちにはない。こちらはスクラップ置き場の陰で、北風をよけながら、持参の弁当を開く。弁当は仕事中もしっかりと身につけていた。最初の日、その弁当を開いた時の驚きといったらなかった。

「あ、誰かにやられた！」

芋と豆カスと少量のめしが、まるで切り取られたように、一隅に片寄ってしまっていた。トロッコ押しで揺すられたからと気付いたが、とたんに労働意欲が消し飛んだ。

ある日私は、ボイラー室の陰で、日本人労務係のひどいリンチを見た。

相手は草色作業服の、朝鮮人徴用工だった。大地に背をまるめてうずくまっているのだが、労務係は軍靴で、その肩から背中に、連続して強烈な蹴りを入れていた。アイゴーアイゴーと悲鳴を上げる男はまだ若い。作業服は裂けて、露出した皮膚が痛ましかった。

「こいつはな、めしが足りねえとか、文句をいってきたんだ。一人前に、でっかいツラしてよう！」

労務係は口ぎたなくののしったが、そのむごさに私は目をそむけた。

19　リンチ

いやなものを見てしまった。

すぐにその場を離れようとしたが、そうしてはいけないんだという意識が頭をかすめた。周囲には、友人たちも何人かいたが、みな棒立ちのままだった。

めしが足りないのは、私たちも同じである。そのことを、コリアの一青年は訴えたものらしい。だからといって、このリンチはひどすぎる。

「暴力はやめろ！」

というのは、級長の役割かもしれなかったが、恐怖が先に立ち、奥歯がカチカチとかみ合っただけだった。ふがいない私にできることは、その場から逃げずに直視することくらいだった。

学友と私（前列左から２人目）

それに、と私は考える。この朝鮮青年を含め、私たちはみな一丸となって、「鬼畜」米英らとたたかっているのだ。同胞なら共に手をたずさえていくのが当然ではないか。

おそるおそる細めに開いた私の目に、倒れた男が二重に見えた。誰かもう一人の草色作業服が、男の身をひしとかばい、何事か喚《わめ》き叫んでいる。やめてくれといっているらしい。日本人労務係は、それと周囲を取り巻く私たちにフンと鼻を鳴らして、やけに両肩を振りながら立ち去った。

学校にいたのでは、このような光景を見ることはない。トロッコ押しの野外労働は朝鮮人と一緒で、私は彼らが玉の井の色町を寮にして通勤しているのを知っていた。色町の女性たちも、どこかに動員されていなかった。遠い故郷を後にしてきた彼らは、私たちと違って帰るべき家はなかった。不快な部屋に寝泊まりして、同じ現場で鉄さびまみれの空気を吸って働いている彼らに、いつになく気持ちが移った。

しかし、まもなく米軍の超重爆撃機、B29の登場となった。学童の私たちは、空襲警報と同時に帰宅が許される。それきたとばかりにトロッコを放り出し、家へと走って帰った。

20 新年と空襲

警戒警報と空襲警報のサイレンの隙間を縫うようにして、新しい年がやってきた。

大みそかくらいは、「定期便」も小休止してくれるのかと思ったが、戦争には暮れも正月もないのだった。

一日早暁、敵機は意地悪く、新年を告げる鐘の音と同時に来襲し、浅草・上野方面がやられた。ようやく静かになって、やれやれと温《ぬく》もりのある寝床へもぐりこんだとたんに、またもやだった。今度こそ至近弾だ。すぐ南隣の吾嬬《あづま》町かいわいに、どっと火の手が上がり、何台もの消防自動車がサイレンを唸《うな》らせて急行した。

それでも新年ともなれば、大通りの家の軒先には日の丸の旗がまばらに風になびき、おしるし程度のしめなわと門松が飾られた。

正月餅も、ちょっぴり。それは配給米からの差し引きで、一人当たり一キロ。年内に七百グラムで、年を越してから三百グラムがくるはずだったが、お雑煮にして、空襲のあいまにすすりこんだ餅のかけらは、ほとんど歯ごたえがなかった。

それも、のんびりとこたつにでも入って、味わえるならともかく、今くるかくるかと、サイレンに気を取られながらだと、味はもちろんのこと、せっかくの特配も食べた気がしない。

かくして新年は、焼夷弾《しょういだん》のお年玉付きで、そのあいまに食い物の夢ばかり見て終えた。いつもより多めに見たと思う。なまじっか餅のかけらや、特配の袋入り菓子などを口にしたせいにちがいない。

「警報が鳴っても、今夜から起こさないでね」

私は思いつめていたことを、母に告げた。

「どうしてさ」

「だって毎度のことだもん。寝ていたほうが勝ちだよ。空襲なんぞ恐るべき、とでも歌ってさ」

深夜に、どこかで火の手が上がっても、自分の家だけは大丈夫、と思いたい。

姉、母、私、兄。1943年冬近く

21　三月十日

そして迎えた三月十日、東京大空襲については、すでに私なりに、多くの書物に書きこんできたので、ここでは記憶に残る特徴的な印象の断片を、記すことにしたいと思う。

その日、私たちは寺島町の家で、父母と姉とが短時間の消火活動を試みたのだが、ために隣近所の人たちよりも、やや退避が遅れたかもしれない。

一台のリヤカーに、寝具や衣類、台所の調理器具などを積んで、幹線道路に出たが、路上は避難する人びとでごった返していた。体ごと吹き飛ばされそうな強い北風だった。B29にとっては「神風」だっただろう。

猛突風にあおられた火の粉は、最初のうちこそ天上高く、砂金をちりばめたように流れていたが、またたくまに人びとを襲う大小の火玉となった。人びとの手から離れた鍋、釜、鉄カブトなどが、路上を自在に回転しながら走る。母親の手から離れた一瞬の隙に、よちよち歩きの子どもが、北風に巻きこまれていく（あの子は親と巡りあえただろうかと、今でも気になる）。

黒煙と火焔《かえん》の裂け目から現れるB29は、驚くばかりの超低空で、ジュラルミンの巨体に地上の炎群が、まだら模様に映えている。ドドドッ、ズズズッという石油タンクが爆発するような怪音。火焔を吸いこんだ突風が迫ってくる。

B29（東京大空襲・戦災資料センター所蔵）

その時だったろうか。母が家に忘れ物をしたと、唐突に告げた。

「忘れ物って、なに？」と私。

「きいちゃんの写真」

出征していった兄の写真が、茶ダンスの上に飾ってあった。

「阿呆《あほう》、写真どころじゃねえ！」

父が叫んだが、それは私にも納得できた。曳舟《ひきふね》川をこえて、私鉄の踏切を一息に通過した時、リヤカーの積み荷の上から、鍋の蓋《ふた》がぽとんと地に落ちた。コロコロと回って横丁へ消えた。私はリヤカーから離れて、蓋を追いかけた。

22　母は？　姉は？

しかし、蓋《ふた》は手にしていない。

鍋の蓋の先を、子連れの男が走っていた。引きずるような外套《がいとう》の男だった。

突然、大火焔《かえん》の裂け目から、機首を下げたB29が現れた。

「あ、落ちてくる！」

外套の男の声に、私は路上に身を縮めた。短い炸裂音《さくれつ》とともに、閉じた瞼《まぶた》を光芒《こうぼう》が貫く。すぐ反射的に目を開いた。

あたりの光景は一変していた。

光のかけらが大地に激突して、視界は至るところで火を噴いていた。すぐ左側の電柱が垂直の火柱となっている。焼夷弾《しょういだん》の一発が、斜めに突きささって発火したのだ。

火焔の火柱は、電柱だけではなかった。

歩道のはしに火の塊となった人が、両手を振りながら喚《わめ》きつつ、コマのように回転している。すぐ目の前を走っていた外套の男だった。外套のどこかに、火焔がまとわりついたのだ。断末魔の人は、火を振り切ろうとして、必死にもがいて暴れる。めらめらシュウシュウという響きは、ナパームの飛沫《ひまつ》をあびて、燃焼するそれだった。

その横に立つ幼女は無事らしかったが、私にはどうすることもできない。

母と姉はどうなったか。リヤカーの梶棒《かじぼう》を引いていた父は、と周囲に目をやったが、それらしい人影はない。

ふいに、火柱の一本が、すさまじい音とともに傾斜してきた。電柱がてっぺんまで焔《ほのお》と化したのだ。私は横っとびに身を引いた。

息が苦しい。煙が目にしみる。火焔帯が津波状に迫ってくる。逃げなければと思うものの、両足がしびれてしまっている。

火焔帯の隙間から、鉄カブトの男が、赤鬼のような形相で現れた。

「どした、大丈夫か！」

何か答えようとしたが、声が出なかった。

「わしについてこい」

と、父は怒鳴った。

23　桜並木と衣類

三月十日から一週間余りが過ぎたある日、焼け出された級友の消息を求めて、T君と一緒に隅田川を渡った。先生からの依頼だった。級友は谷中の親類宅に身を寄せたらしい、という話だったが、学校としては確認が必要だったのだろう。

といっても、その学校も町も工場も全焼してしまって、何もかもが、空前のパニック状態だ

った。

連日、身を切るような北風が吹いていた。どこに行くにも歩け歩けで、地蔵坂から隅田堤に出た。隅田川は不吉だった。まだ水ぶくれした死体が浮いているのではと、胸が騒いだが、浮遊物の処理は区切りがついたらしく、猛突風に波頭だけが逆立っていた。ふと隅田堤の桜並木に目を移したT君が、異様な悲鳴を上げた。

色とりどりのおびただしい衣類が、桜の枝にまとわりついて、一面の満艦飾《まんかんしょく》だった。あの火の夜、隅田川と言問橋《ことといばし》に殺到した人びとと、その荷物から、猛突風と火事嵐に吹きちぎられ、上空に舞って、枝という枝にからみついたものだろう。とうてい手の届かぬ高さまで、北風にびらびらとはためいているのに、心臓が凍りついた。

言問橋を渡れば、浅草である。

浅草はぺしゃんこだった。観音様の大伽藍《がらん》も五重の塔もない。東武線の鉄橋を吸いこむ松屋デパートだけが、

東京大空襲直後の隅田川周辺（東京大空襲・戦災資料センター所蔵）

黒々と焦げ跡を描いて、奇巌城のように屹立《きつりつ》し、三、四階あたりからまだ黒煙をなびかせている。

　三月十日の言問橋は、両岸から殺到する群衆と荷物とで、身動きできなくなったところへ、猛火が直線状に走って、対岸へ突き抜けたという。しかし、私たちがたどりついた橋上は、むしろ殺風景なほど静かで、人影は少ない。国民の戦意喪失を恐れた当局が、軍隊や警防団を動員して死体を処理したことは知っていたが、処理されないものが、まだ残されていたのだった。

24　しみ跡

私たちは、おのずと早足になった。
寒風が耐えがたかったし、もしもグラマン（艦載機）に狙われたら最後である。
防空頭巾のひさしを下げて進むと、運動靴の底にぷちぷちと音を立てるものがある。金属的な感触で、その一片を拾ってよくよく見れば、足袋のこはぜだった。突風に吹き寄せられたらしく、車道と歩道との段差をざっくりと埋めている。

私は息を呑《の》んだ。

足袋のこはぜだけを、多量に持参した人がいたのではない。橋の両側から押し寄せた人びとの多くは、下駄《げた》ばきだったのだ。何もかも燃えつきた後、足袋の留め金だけが残されたのだろう。さらに目をこらせば、橋上はてらてらと茶褐色のしみ跡が、ずっと地図状にうねっている。人間の血と脂の跡にちがいなく、私は両足がすくんだ。焼死体を見るよりも恐ろしかった。

「ここで、どのくらい死んだんだろう」

T君は首を振って、

「わからん、そんなこと。誰も教えてくれないもんな」

「これから先、どうなるんだろ、おれたち」

「さあ、それもわからん。運は天にまかせるしかねえよ」

「腹ペコのまんまで、ハイ、サヨナラか」

T君は喉を引きつらせて笑ったが、その泣き笑いのような顔と、橋上で目にしたものは、昨日の出来事のように覚えているのに、他は記憶からぷつんと消えている。訪ねていった級友のことも、何もかも。

1947年1月3日、西河原清一君と浅草にて。どた靴に戦闘帽の私、14歳。スピード写真は2枚で40円だった

三月十日の後も、四月五月と続けざまに、B29による大空襲があった。ほとんど無我夢中で生きのびたが、地方に疎開先を見つける伝《つて》も財力もなかった私たちは、すべての東京空襲を体験した。半焼けの家にヤドカリみたいに身を縮めて、敗戦の日を迎えた時は、東京市街地の四割が焦土と化していた。

結局、神風は吹いてくれなかったのだ。天皇のラジオ放送一回で戦争が終わるものなら、もっと早めにしてほしかった。

25　卒業式

悪夢のような戦争は、始まりがあって終わりがないのかと思えたが、燃え上がる盛夏の直射光の下で、ふいに終止符が打たれた。

私は半焼けの家で、朝起きてもどこへも行く先のない日が続いた。それは、なんとも奇妙な感覚だった。動員先の工場も、学校も町も焼けてしまい、これからどうなるのだろうか。焼け出された親類縁者でいっぱいの家に、私の居場所はなかった。野良犬みたいに、外をうろつく以外にない。

半焼けの家から一歩外に出れば、見渡すかぎりの焼け野原だ。煙を吐くことのない煙突が屹《きつ》立《りつ》し、土蔵と金庫が点在する。歩いていくと、難破船のような学校や焼けビルが、近づいたり遠ざかったりしたが、ビルの窓に洗濯物がひるがえっているのは、そこに居住者がいる証しだろう。

全焼した母校は、再建のきざしはなく、しばらくして、焼け残りの小学校を仮校舎にするようになった。入学時に千人からいた高等科生徒は三分の一以下に、先生たちもがっぽりと激減していた。生徒数がわずかになったせいか、私みたいのがメタンガスみたいに浮上させられて、春三月には卒業生代表の答辞役になった。

焼け跡の千代田国民学校と子どもたち（東京大空襲・戦災資料センター所蔵）

「…いま、私たちは、それぞれが新しい明日への一歩を踏み出そうとしています」

一夜づけで書いた文章だったが、大勢の前で読み上げる文字が、目の中にかすんだ。

「共に学び共に遊んだ友だちとの別れは、悲しいことですが、あの大空襲で失われた何人かの先生や級友の声なき声を受け継ぎ、跡形もなく消えた母校を偲《しの》びながら、敗戦後の第一回の卒業生として、今日の日を迎えました。まだ焼け跡を吹く風は冷たいけれど、ありとあらゆる困難にめげず、新生日本を目指して努力していくことを誓います…」

公的に発表した最初の文章だが、新しい社会を担っていくぞという熱情だけは読み取れようか。十三歳の私が体験した最後の卒業式だった。

戦後を生きる

２人の姉と。1946年初夏、夜学生になったばかり

26　夜学

　昭和二十一（一九四六）年春、国民学校高等科を終えた私は、昼間働きながら、夜学で学ぶことにした。もよりの旧制七中を狙って、何がなんでも合格すべく、受験番号一番を手にした。当時の旧制七中は夜学でも、数人に一人しか入れぬ狭き門だったのだ。

　理由は私たちの卒業校と同じで、七中も戦災で全焼してしまい、これまたもよりの小学校に同居中だったからだ。ために少数の生徒しか受け入れられなかったことと、復員兵士も含めて、応募者が急増したことによる。当時の受験番号は、決められた日の早い者順だった。私は夜明け前に校門前に座りこんで、点数は不足気味でも熱意でと、意気込んだのだった。

　こうして、進学の扉はなんとか開くことができたが、就活のほうは、隅田川沿いの鐘紡付属の理化学研究所だった。研究所といえば聞こえはいいが、現場作業の少年工で、日給は二円六十銭。誰もが手にする賃金の最低だったはずだが、多少なりと生活費を家計に回せるのがうれしく、また夜学生にわりと理解のある職場だったことが救いだった。上司は理工系のインテリたちで、小僧っ子みたいな私にも、人間的に接してくれたものである。

　ところが、難点が一つ。

　夜学の授業は午後四時半からで、八時半に終了する。ために職場は四時で引いていいことに

1948年のわが家。後列左から2人の姉、父、その右に兄嫁、その弟、私。前列左から母、兄とその子ども

はなっていたが、学校までの距離は約三キロ、私鉄を使用したのでは、必ず遅刻する。電車賃もかかる。走れ走れで、隅田川沿いの道をやみくもに突っ走って、教室にすべりこんだとたんに、ベルが鳴るのが通例だった。激しい動悸《どうき》に、授業どころの話ではない。ところがよくしたもので、すぐ一息つける安堵《あんど》の時がやってくる。

どうしてこんなにと思うほど、頻繁に停電になるのだった。真っ暗闇の夜学では、どうしようもない。

27　学園民主化

学校も停電に備えて、授業を早めにしたのだろうが、カーバイドランプを用意していた。しかし、一クラスに三個ほどでしかない。

パキパキシュウシュウと炎を噴出するランプは、空襲下の黄燐焼夷弾《おうりんしょういだん》に似ていて、いやな臭気だった。ランプの置かれた場所以外には、ノートもとれない。

おまけに教室の壁は猛火の侵入で、穴だらけに加えて、窓ガラスも無事なのは数枚だけだった。今では学校の窓ガラス泥棒など、誰も考えることさえできないが、一枚のガラス板といえども入手困難な時代で、犯人は深夜に取りはずすものと思われる。

「勉強しつつ眠りつつの月見かな」

などという一句は、風情はあるものの、寒気に震えながらでは悲劇である。

そんなある日のこと、国語の先生が何枚かの古ベニヤ板と釘《くぎ》を持参して、穴の開いた窓の寒風よけにしてくれた。私たちは歓声を上げたが、翌日にはベニヤ板が引きはがされていた。昼間の生徒がノートもとれぬと、はがしたのは明らかだった。実は日中も停電続きだったのである。

彼らにはそれなりの理由があったわけだが、夜学生に一言の断りなしとは横暴で許せんと、大声を出したのは、軍人上がりのK君だった。彼はクラスでも最年長の二十代で、それ故に級長でもあった。

私は、だからといって、校長室へ怒鳴りこんでいくこともないと思ったけれど、インパール作戦生き残りの、元兵長の発言には、異論を差しはさむ余地はなかった。

当時は全国各地で、生徒たちによる「学園民主化闘争」が、盛んに燃え上がっていた。その先陣となったのは上野高女の女生徒たちである。もはや八月十五日を境にして、正しい正しいと教えられたことが逆転し、大人たちや国のいうことも信用できぬと、K君のみならず、ほとんどの生徒がやや過剰な批判精神を共有していたのだった。

28　元兵長

みんな志高く狭い門をくぐったはずの夜学だったが、二学期に入って秋風が吹き始めると、級友たちの表情は微妙に変化していた。

もうへばったよという限界組も、目につき始めた。誰もが栄養不足に加えて、一学期だけはなんとか歯をくいしばってきたものの、電力事情は一向に好転せず、過労にストレスが重なってきたのだ。

「配給だけの食い物だと、夜盲症といってな、だんだん目が見えなくなるんだ。おまけに暗闇の教室ときちゃあ、カラスならともかく、もうお手上げよ」

と、ぼやくのは元兵長のK君で、年長の諦めムードを代弁していた。まだあどけなさのある現役組よりも、期待はずれの挫折感が深かったのか。

「Kさん、それはそうだけど、どこもかしこもみんな同じですよ。ここで道を開いていく以外は」と私。

「なんだ、カーバイドランプ増やせで、また校長室へ乗り込んでいこうってのか。あのね、こっちは月謝もたまっているんだよ。スネに傷を持つ身でな。へえっへへへ……」

「それとこれとは、別ですよ」

「だからよ。その気になった者がやりゃいい。君らと違って、オレは生活がかかっているからな。いろいろあるんだよ、いろいろさ」

夜学時代の私

K君は遅刻欠席の常習犯だったが、ふと気がつくと、いつのまにか脱落して、姿を見せなくなった者が続出していた。
たしかに午後四時半からの授業に駆けつけるには、相当な無理をしなければならず、その無理が続かない。夜学生に理解のある職場ばかりではなく、かなり遠方から通学してくる者もいる。そして生きるためには食わねばならず、食うためには、その日その日に、かなりの労力を割かねばならなかったのだ。

しかし、まだ親がかりの私は、K君ほど深刻な悩みがあるはずもなく、その心中を汲《く》みとるのに不十分だった。そんな私に衝撃をもたらしたのは、K君の自死だった。

29 K君の死

とっさに信じられなかった。

元兵長のK君は、クラスの代表として、校長室まで乗りこんでいった気骨漢だ。その彼が自死して果てたとは！

もっとも彼は、たまにしか学校に姿を見せなかったから、故人となってからしばらくして、事の次第が伝えられたのだった。

入学時の旺盛な意欲はどこへやら、消極的な言動が気になっていたのだが、私はあまりのショックに、なぜなぜ？　という疑問で、頭がハチ割れそうだった。激戦地で何度も死線を越えてきたはずの元兵長が、自死に至るまでには、よくよくのことがあったにちがいない。

さまざまな情報を照合すると、K君をそこまで追い詰めた経過は、次のようなものだった。

彼は二十歳で召集され、やっと生命だけは取りとめて祖国の土を踏んだ。名古屋が生まれ故郷だった。

なじみの町は一面の焼け野原。実家などあろうはずがなく、両親も弟も戦災死していた。K君にとっては、一回目の非情苛酷な現実だった。次に彼は、まだ死が確認されていない妹を探すこととなる。妹はまだ十五歳の女学生だったが、兄の一念がついに実を結んで、女学校時代の旧友宅に身を寄せていた妹と、再会できたのだった。

妹を連れて東京へ戻り、久しぶりに教室へ現れた彼は、私たちにそのビッグニュースを伝えると、教室で踊り始めたものだった。多少飲んでいたらしい。

妹さんは東京で職についたという話だったが、そのうち二回目の痛恨事が、K君を打ちのめした。戦時動員の無理が内攻していたせいか、彼女は急性肺炎とかで倒れ、医者はペニシリンがあればと口にしたが、彼は高価な新薬を入手する金がなかった。私たちはカンパをつのり、少々のお見舞いを届けたのだが、

「悪いなあ君たち、オレはもう学校やめたんだよ」

と、彼は気まずそうに頭をかいた。

30　あとは頼んだ

その後のことは、詳しくはわからない。

近い筋の話だと、一時持ち直した妹さんの病状が急変。必死に駆け回ったK君が、新薬を調達した時はすでに手遅れで、最愛の肉親を亡くした彼は生きる望みを失ったのか、死因は首つりだったとは、なんと残酷な結末であることか。

妹を看取《みと》った彼は、一人きりの肉親をも救えずに、その力不足をどんなにか嘆き、はらわたがちぎれんばかりの悔し涙を流したにちがいない。

彼をそこまで、追い詰めたものの正体は何か？

私は考えざるを得ない。それは戦争だ。そうだ、あの戦争はまだ終わっていない。今も続いているのではないのか。

K君の身に置き換えて考えればわかることだが、戦争は彼の故郷を焼きつくし、両親と弟を奪っただけではなかった。なるほど、国が始めた戦争は八月十五日で終わったけれど、その戦争の後遺症ともいうべき魔の手は、アメーバのように怪しく動いて、生き残った人びとに次つぎ襲いかかってくるかのようだ。次にはK君の妹さんを、さらには彼自身の未来までを、容赦なくさらっていった、と思えてならない。

でも、彼は私たちに、一声を残したかったのではないだろうか。

「あとは頼んだぜ」

戦争がK君一家をさらっていったのなら、私たちはまだ終わらぬ戦争の、その息の根をとめなければ…。

頭がハチ割れそうなほど思いつめた私なりの結論だったが、ちょうどその頃、職場の友が持っていた一冊の本が、K君の自死とダブって、私の心のなかに、生きることの真実を教えてくれたような気がする。

それは、「一女学生の手記」とサブタイトル付きの『葦《あし》折れぬ』（千野《ちの》敏子著・大月書店）で、今も忘れられぬ青春の書である。

31 「葦折れぬ」

今では若い世代の関心事から、「真実」の二文字が遠のきつつあるような気がするが、『葦折れぬ』の千野敏子と「真実」は、切っても切り離すことのできないほど一体のものだと思う。

千野敏子の青春は、「よき友を得たい、真実の世界に住みたい」とノート一ページに書きこむほど、ひたむきに歩いた短い生涯ではなかったか。長野県諏訪の一女学生だった彼女の「真実ノート」四冊と、小学校教師時代の日記などを収録した本が、ひっそりと世に出たのは、戦後三年目の秋だった。

表紙をめくると、セーラー服姿でお下げ髪の筆者が、友人二人と並んだ雪の日の口絵写真が私の目を釘付《くぎ》けにした。微笑《ほほえ》む敏子はさわやかで、すがすがしく、その透明な笑顔が実にいい。筆者亡きあと、旧師三井為友によってまとめられた一冊だったが、理想と現実とのギャップに息苦しくてならなかった私は、女学生姿の筆者が、さながらアイドルのように思えた。

「若い時分に迷いというものを、ぜんぜん知らなかった人は（そんな人がいるかどうか知らないが）老年になって、どれほどうつろな寂しさを感ずるだろう。私もこれからさまざまな迷いにぶつかりたい」

何度も読みこんだ『葦折れぬ』の表紙

と、十七歳の彼女は、真実ノートNo1に書いた。

そして、「迷いよこい！　私はおまえにぶつかるだけの覚悟はできている」と、毅然《きぜん》としていいきるのに、私は感動した。迷いのない人なんかいない。いや、もしかすると、その迷いこそが、人間らしさの証し、とはいえないか。

千野敏子の迷いは、私のそれとは質的に異なる。なぜなら、彼女がノートにペンを走らせたのは、昭和十六年八月である。まもなく狂気の戦争が始まった。人間らしさの証しが、ひとつひとつ踏みつぶされた時代ではなかったか。さぞかしその迷いは深かったにちがいない。

32　真実は悲しき

「真実、真実。私の真実はまたもやふらふらどこかへいってしまいそうだ」

との一節には、敏子の苦闘の足どりを見る気がする。

しかし、あの暗闇の谷間にあって、こんなにも冷静に知的に自分と社会を見つめ、理性的に思考していた女学生がいたとは、信じがたいことである。それでいて、青春のうるおいが豊かに息づいている。だが、この健気《けなげ》な一本の葦《あし》も、「恐ろしい自己欺瞞《ぎまん》だらけ」の時代には、うちかてなかった。

「真実は悲しきかな。それは本質的にすべてに愛され、うけ入れられるべきものでありながら、しかも終始すべてに反逆視される…」

と、ノートに記して、偽善と虚偽の戦争を憎んだ青春は、小学校の教壇に倒れ、二十二歳の生涯を閉じた。配給だけでは生きていけない時代に、決して闇買いはしなかったという。偽りの生き方と苦闘するも、ついに力つきたのではあるまいか。

千野敏子の青春は、私の心を打った。

だから、といえようか。私もまた新しいノートに「真実」と題して、その日の思いを書きつらねるようになった。

『葦折れぬ』と共に、啄木と賢治も好きだったが、当時の私を感動させた一冊に、ロマン・ロランの『ピエールとリュース』がある。これまた戦時下の青春編で、舞台は第一次大戦下のパリ。十八歳の学生ピエールは、空襲下の地下鉄の混乱の中で、「牝《め》鹿のように」しなやかな金髪の少女リュースと会い、無意識のうちに抱きしめている。

『ピエールとリュース』の表紙

それから、二人の恋が始まり、二カ月後の聖金曜日の教会で、二人は抱き合ったまま、爆撃の瓦礫《がれき》の下に埋没する。

読み終えて、私は溜息《ためいき》をもらした。

いつの日か、私もこんな小説が書けたらなあ…と思いつめたものだが、『葦折れぬ』とK君の自死は、あまりにも悲痛で、私の平和を探して生きる原点になったように思われる。

33　ＧＨＱ視察

読書から得られる発見や感動のとりこになったせいか、私は学校の勉強内容が急に色あせて見えてきて、もの足りなくなってきた。

すると、勝手な理屈をつけたくなるものだ。

たとえばカンニング。人の答案をこっそり盗み見するのは、もちろんいけないことだが、試験に出そうな問題を一夜づけで詰めこんで行き、合格点が取れればしめしめで、あとは煙みたいに忘れてしまったとしたら、これは少々手間のかかるカンニングだとはいえないか。

暗記を主にして好成績が得られるとすれば、成績は実に虚《むな》しく、元来、暗記に秀でた人間には創造力が乏しいのでは。ほとんど一夜づけの丸暗記ですましてきた私は、自分で好きなものを書いたり読んだりしたいばかりに、点数制度そのものへと、せっかちな疑問の目を向けはじめていた。

そんな時だった。教室で一枚のビラを手にしたのは。ガリ版刷りの読みにくいビラの内容は驚きで、「われわれは将棋の駒ではない。生徒の自由を踏みにじる校長（夜学）は出ていけ！」の見出しで、発行人は四年生有志となっていた。

Ｋ君の自死で、落ちこんでいた私には、はっとするほど新鮮で、ビラの内容に関心を持った。

詳細はわからなかったが、ＧＨＱによる戦災地夜学校の視察予定が、学校側に内示されたらしい。ＧＨＱといえば、連合国軍総司令部のことで、超権力だ。視察団の心証を害してはならじと、学校側は破損した窓ガラスや教室の補修、さらには机と椅子の配置を対話式に変えよ、となった。

それこそ上意下達の指示に、一部の上級生が反旗を挙げたのだ。いささか行き過ぎの感もあったが、夜学の校長はクラスで選んだ亡きＫ君の級長を認めないなどと、私たちの反発を招いたことがある。上級生たちは、ずっと腹にすえかねていたことが、下地になっていたかと思われる。

左はしの旗を持つ私。文京区の焼けビルの屋上にて

34　退学

私は、そのビラまき組に加わった。

ところが、青い目の視察団は予定変更で、急に白紙に戻ってしまったのだが、ビラまきグループは白

紙にはならず、責任が問われたのである。

　個別に校長室に呼び出された彼らが、私にはわからぬやりとりをしているうちに、年が改まって、空腹に寒気が身にしみる季節となっていた。

　有志一同は、たった三、四人でしかなかったのだが、校長室での情報がないことで、大方の察しがついた。戦中戦後の過酷な学業に耐えてきた彼らは、反省を口にすることで、卒業の学歴を確保したのではなかったか。しかし、呼び出された私は、決してうなずくことはしなかった。

　退学処分というほどのことでもなかったのだが、若気のなんとやらの意地が先に立ち、点数制度の学校教育にさほどの未練もないと強いて自分にいいきかせての、いさぎよい引き方になったのだった。後になってから私は、大事なことを言いそびれていたのを悔いた。

　思ったことをビラにして、何が悪いのか。個別の呼び出しなんて、卑劣ではないかなどなど、話し合いに持ちこむか、生徒会で問題にすれば、退学せずにはすんだはずとは後の祭りである。ついついうなずいてしまったのは、私の性格的な弱さだったのかもしれない。

　さっさと退学してしまったことを、私は少しの間、家には黙っていた。自主的に入った夜学なら、やめるのもこちらの勝手とばかりに、あえて口にしなかったのだ。しかし、職場からすぐに帰宅する日が続けば、おかしいと思われるに決まっている。

「おぬし、学校はどうしたのだ？」

ある夜のこと、父が重そうなまぶたの下から、じろりとこちらを見て聞いた。ずっと病んでいて、見るからにやつれはてた父の問いかけだった。

35　十六歳の決意

さあ、来たぞと覚悟はしていたものの、私は内心の動揺をおさえて、やめたんだ、とぽつりといった。

「いやに思いきりがいいな。何かあったのか」

父は、煙草《たばこ》の煙をほおにくゆらせながら、思案気な口調だった。横で驚きの声を上げたのは母である。

「一体どうしたの？　一日も休まずにきたのにさ」

「いろいろあってさ。おれにはおれの考え方があるんだ。それが学校で受け入れられなかっただけのことさ」

「ばかにあっさりいうじゃないか。東大までいこうっていってたのに」

「あっさりじゃないよ。考えた末にだよ」

父は憮然《ぶぜん》としたまま。母は困ったねと、つぶやいたが、私の決意のほどを感じとったのか、父にかわって、

「何があったかしらないけれど、もう子どもじゃないんだから。それでいいっていうんなら仕方ないね。でも、後は自分で責任をとるんだよ。自分の人生なんだから」

「うん、そうするよ」

私は、こくんと同意したが、とたんに涙が出そうになった。

たとえ親子といえども、歩いていく道は異なるのだから、親に責任を転嫁しようとは思わない。しかし、母から太い釘《くぎ》を打たれたことで、改めてことの重大性に気づき、おろおろしてしまったのだ。

父の無念の心中も、わからないではない。小学校も満足に出られず、文字も書けない苦汁をなめてきた父にしてみれば、わが子への学業の期待は小さくなかったはず。

しかし、今さらおめおめと頭を下げて復学するのは、まっぴらごめん。一度こうと決めたからには、もう後を振りむくことなく、たとえ向かい風にもみくちゃになろうとも、己《おのれ》の真実に向かって一直線に行くべし。と、十六歳の私は心ひそかに決意したのだった。

平和への思い

近視になり、メガネをかけた

36　父の死

戦後四年から五年にかけては、「戦後第一の反動期」で知られているが、わが家にとっても、忘れることのできない緊張と、災厄のつらなった日々だった。

朝鮮戦争勃発、民主団体への大弾圧、レッド・パージ、警察予備隊の発足など、すべてアメリカの占領政策による黒い突風が、猛然と吹き荒れたのが、この時期である。

まだ未成年の私のような者でも、この年は幕あけから、何かが起きるかもしれないという、不吉な予感があった。下山・三鷹・松川と続発した奇怪な〝黒い霧〟事件は、それをひとつの口実にして、国鉄労働者十万人の解雇を頂点とする「行政整理」「企業整備」が強行され、占領政策の一環である「ドッジ・ライン」が敷かれることによって、占領下の息苦しさが増した。

そんな時に、父が死んだ。

長年の深酒がたたって吐血が続き、ひどい苦しみようで、骨と皮ばかりになって、五十代なかばでの人生を閉じた。

私にとっては、目の前に立ちふさがる厚い壁が落ちたも同然で、涙もなかった。後になって考えてみるに、少しかたくなであり過ぎたかな、と思う。

「勉強せんと、わしのようになるぞ」

の一言は、父から私への警告であっただろうし、大空襲の火中を引き返してきて、「わしについてこい」の一言も、よくぞいってくれたものと身にしみる。

それが、父の私に対する、愛情の表現だったのかもしれない。にもかかわらず、不遇な人生に手を差しのべることはおろか、プイと顔をそむけたままだった私は、いささか人間の道から、それていたのではないだろうか。

その父が、この世を去るまで知らなかったのは、すぐ後にわが家を巻きこんだ黒い突風で、兄と次姉とが、レッド・パージで、その生活権を剝《はく》奪《だつ》されたことだった。

夜学を退学したころの私

37 レッド・パージ

レッド・パージとは何か。

共産党員またはその同調者を、職場から追放する暴挙で、その背景には、米ソの冷戦から、中華人民共和国の成立などをソ連網の強化と見たアメリカの、世界戦略に対する抜本的な見直しがあった。ぐずぐずしていれば、アジア全体が「赤化」すると恐れ、民主主義の仮面をかなぐり捨てて、日本を米ソ冷戦の前線基地にすべく、強硬手段に出たのである。

昭和二十五年二月に入ってから、東京で二百人を超える教師が「赤い教員」という一方的なレッテルの下に、教室から閉め出された。

そのなかに、兄がいた。

兄は墨田区の教職員組合作りのメンバーだった。復員してくるとすぐ江東区内の母校を訪ねたが、一面の焼け野原に目を見張る。回想記によると、全校挙げて日の丸の小旗で自分を送り出してくれた母校は跡形もなく、焼け跡の道で、リヤカーを引いてくる少年に見覚えがあった。教え子の佐藤君で、両親は焼死し、身寄りはないとのこと。兄は言葉もなく、「聖戦教育者としての責任と悔恨」に打ちのめされる。

それが兄の戦後の原点となったわけだが、教壇に復帰したとたんのパージだった。同時にさる大手企業のタイピストだった次姉も続くのだが、結婚したばかりの兄が、乳飲み児をかかえて、生活に迷う姿は私には耐えがたかった。

兄は、めったに笑顔を見せなかったが、その胸には教え子たちへの、やりきれぬ思いが疼《うず》いていたのだろうと思われる。

しかし、きわめて直截《ちょくせつ》に、私に読書の機会と、学ぶことの楽しさを教えてくれたのである。

まるで人が変わったみたいに寡黙になった彼は、自宅で書道教室を開いて、生活の糧《かて》を得るようになったが、私はわが家の生活権を奪った奴《やつ》らを、決して忘れるものかと思った。

38 朝鮮戦争

戦後の日本が間接的であったにせよ、また新たな戦争に関与したのは、昭和二十五年に始まる朝鮮戦争だった。

その日、六月二十五日は、日曜日だったせいもあるが、朝鮮で戦争が始まったという緊張感は薄かったと思う。というのは、米ソによる冷戦から分断された朝鮮半島では、三十八度線を巡ってのいざこざが絶えなかったからだ。また武力衝突かくらいのニュースである。

それが、たちまちにして国際的な戦争状態になったのは、アメリカの武力介入によってだった。連合国軍最高司令官のマッカーサーは、日本政府に対して七万五千人からなる警察予備隊の創設を指示した。米軍貸与のカービン銃などで編成された警察予備隊の登場だった（やがて保安隊を経て自衛隊となる）。

非交戦、非軍事の平和主義を、誇らしく内外に誓った新憲法誕生から、たったの三年ばかり。「共同防衛」の名目で、日米の軍事関係はさらに深まっていく様相となった。すなわち兵站《へいたん》基地として、国内の工業力が活用され、動員されたのである。閉鎖状態だった軍需工場は、モーターが唸《うな》りはじめて、次々と始動した。

気息えんえんだった日本経済に、起死回生の特需景気が涌《わ》き起こった。つい五年前まで頭上に火の雨を降らせたB29が、今度は東京の横田基地や埼玉県のジョンソン（入間）基地から、朝鮮半島へ。艦船もまた日本の港から続々と出撃していく。それなのに「特需」という名の戦争景気を、やむなしとする人たちが、目につき始めた。食うや食わずの時代に、〝背に腹はかえられぬ〟ということか。

しかし、B29の無差別爆撃の下には、戦争とは無関係の女性や子ども、老人がいる。かれらは非戦闘員だからといって、特別席には置いてもらえるはずがない。弱い者ほどひどい目に遭うのが戦争とは、過去の歴史が語りつくしているではないか。

39 「平和投票」

今のこの瞬間にも、爆弾、砲弾が唸《うな》りを上げ、ナパームの青白い火焔《かえん》が家屋を焼きつくすところに、機銃弾が飛び交い、泥と血の中に大勢の母子が必死にあえいでいることだろう。

それは許せぬという批判勢力封じ込めのためのレッド・パージは猛威をふるい、デモや集会

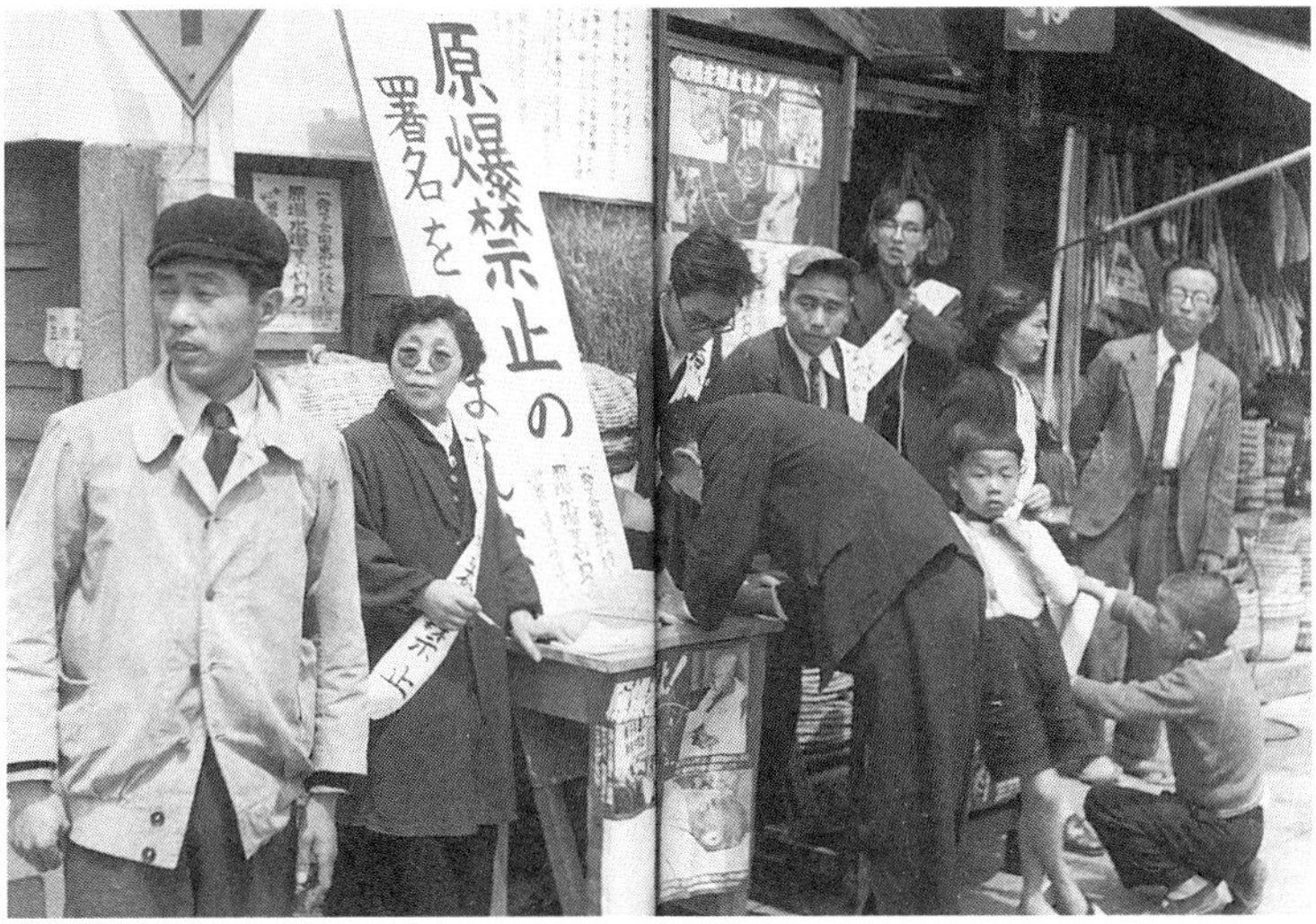

1954年4月24日、原水爆禁止の署名を訴える。マイクを持っているのが私

は禁止されて、「もの言えば唇寒し」の日々の到来は、またたくまのことだった。

生きるための諸物資はまだ不足していて、食うために追われながら、やりきれぬ不安を抱えて、成り行きを案じていた人が多かったのではないか。

私は、いたたまれぬ日を過ごした。

飢えている一人には違いなかったが、それ故にこそ、もっと飢えて戦火に逃げまどう人びとのことが、気になるのだった。私に何かできることはないか、ないか。

まったく、ないわけではなかった。

焼け残りの町の路上に並んだ兄や姉たちが、メガホン片手に、通行人に呼びかけているのは、平和投票だった。もう切られる首もなくなったので、街頭行動も自由になったのだが、まるでキリスト教の救世軍に似て、どこかユーモラスな感じだった。

平和投票とは、ストックホルム・アピールの署名運動で、一九五〇年三月、ストックホルムで開かれた平和擁護世界大会委員会は、原爆の無条件禁止を要求し、最初に原子兵器を使用した国を世界の戦争犯罪人とみなすと、呼びかけた。呼びかけ人には、フランスの物理学者ジョリオ・キュリー博士も名前をつらねていた。

朝鮮戦争で泥沼にはまりこんだアメリカが、ついに原爆使用までほのめかすに及んで、このアピールは、平和を希求する人たちのよりどころとなったが、今にして思えば核兵器廃絶の第一歩たる世界初の平和運動だった、といえよう。私はその平和投票を呼びかけるビラを手にして、街頭に出た。

40　スターの一票

占領下の朝鮮戦争中という厳しい情勢にもかかわらず、「平和投票」の署名数はこの年七月末に百七十万人、八月末に二百五十万人と、驚異的に上昇していった。誰もが平和の危機を切実に感じていたからだろう。

私が集めたのは、ほんの数人でしかないが、その中にはスターの高峰秀子さんがいる。私はデコちゃんの大ファンで、ブロマイドも何枚か持っていた。たまたま大泉撮影所の知人を訪ねたら、ちょうど彼女が、「戦火を越えて」（関川秀雄監督）のロケ先から、戻ってきたところ。

知人の紹介で十五分だけ会えることになった。昭和二十五（一九五〇）年七月三日のことである。

こちらは、週刊「民主青年新聞」の通信員という名刺だったが、まだ十八歳。憧れの大スターに会えるとは信じがたく、胸の高鳴るのを抑えようがなかった。

しかし、和室の控室にはあわてた。靴下に穴でもあいていやしないか。正座してあいさつすると、

「足をくずして、お楽にしてね」

「あ、はい」

彼女はあまりの若僧《わかぞう》に意外だったのか、口元をゆるめた。

それで、話の糸口がほぐれた。まず撮影中の作品から聞く。チャイナ服にお下げ髪姿で、中国を舞台にした映画だとはわかったが、役どころは、戦火の中の北京女優とのことだった。

「戦争のこと？　今度の写真（映画）もそうだけど、やっぱりイヤですね、あたし、機会があれば、これからも反戦映画に出たいの。今井監督の〝また逢《あ》う日まで〟は、本（シナリオ）を読んで感激して、ぜひと思ったけれど、うまくいきませんでした」

「そうなんですか。知りませんでした」

「平和のために、少しでもお役にたてればって思うの。でも、忙しすぎて、一週間くらいの出演日じゃ、無理なのよ」

41　占領政策違反

デコちゃんこと高峰秀子さんとの面会は、とっくに予定時間を過ぎていた。

最後に私は、思いきって、「平和投票」のことを切り出した。ダメで元々、当たって砕けろである。しかし、私が取り出した署名用紙を手にした彼女は、まあ、と声をはずませて、

「あたし、ちっとも知らなかったわ。でも、これって素晴らしいことよね。あたしでも、よかったら……」

と、なんの抵抗もなく、すぐにサインをしてくれた。

私の感激といったらなかった。彼女のファンがどれだけいるかは知らないが、その名を知らぬ人は、当時おそらく皆無だったろうと思う。これが新聞に出たら、「戦争やめよ」の署名集めで、全国各地に運動中の人びとに、どれだけ大きな励みになることか。

私の心の中にも、一点の灯がともされたような気がしたものだが、私の書いた記事が話題になったのは、いうまでもない。しかし、後日談がある。それから数日後、初顔合わせの大学生とペアで街頭行動に出た私は、出鼻《でばな》をくじかれた。

前方から、なにやら急ぎ足でやってきた二人の警官の目が、私たちに向けられている。そん

高峰秀子と平和投票

新東宝の映画以外には、その明るい笑い顔を見せなかつたデコちゃんが、今度始めて太泉映画に、しかも〃きけわだつみ〃で平和への熱情を画面一杯に盛り上げた関川秀雄監督の「戦火を越えて」に出演する、この映画は第一協団と太泉映画との提携作品であるが、背景を中国にとつて戦争の悲劇を真正面からとりあげた作品であり、この中でデコちゃんは北京の女優〃朱燕〃に扮して帝国主義戦争の惨火を痛烈に訴える、キャストには岸旗江、山村聡、河野秋三郎、サガ善兵、菅井一郎、柳谷寛、本郷秀雄、杉山昌三九など第一協団のほかに木匠久美子、千石規子など個性的な俳優が演技にあたるもので、各方面から現在注目の的となつている。

記者は小雨降る七月三日の正午、この〃戦火を越えて〃の撮影に夜も日もあけない大わらわの太泉スタヂオを訪れ、出演中の高峰秀子さんを尋ねてみた（勝）

戰火を呪う中國娘に
わだつみ監督作品に初出演

青い畳の部屋

第三号俳優控室―それがデコちゃんの楽屋だ、「どうぞ」という声で中に入ると青い畳のしいてある八畳ほどの一間、真中に大きな卓が置いてあってデコちゃんはその前に足をくずして坐っている、中国を背景にした映画だけに髪の毛をおさげにしてダラリと長く垂らし、青い袖なしの支那服を着た所は、ほんとに中国の娘といった感じ……

「あぐらをかいて楽に坐って下さいよ」と親切に消息にこういゝながら、デコちゃんは今度の映画の感想などを、質問に答えて朗かな調子で語る

たった一週間よ

「何しろ、あたしとてもいそがしいんですよ、この映画だってほんとに出たいなと思ったんです、でもそのための時間がたった一週間位しかないの……」

デコちゃんの次の作品は松竹だという、〃アルプスの人〃という天然色映画にデコちゃんをしばりつけたい松竹は、その前に太泉作品へのデコちゃんの出演をおそれて「金はやるから遊んでいてくれ」と迄いっているときく……では何故この〃戦火を越えて〃に自ら進んで出たのだろうか

何より戦争の悲劇

「…今度の写真は第一協団の方がたくさん出るのよ、それであたし少しでもお手伝いできれば……と思ったんです、それからこの映画、何より戦争の悲劇を描いているの――あたしに取っては始めてなんですけど、結局〃反戦映画〃ということになるわね、あたしそれが強く画面にでればいゝと思うんです、でもそのためにカットされた所がたくさんあるんです、たとえば中国の焼かれた家や、落ちめつくした細民の大群、そこであたしのいう〃父も殺された、母も殺された、兄も妹も――〃という所がダメになったんです、一層仕方ないとは思って見るの、でもこれからそういう制限がだんだん加わって行くことはたしかね」

これから作るのよ

お母さんの背におぶさってスタヂオへ―そんな幼い頃からデコちゃんはたくさんの映画を作って来た

その長い俳優の生活を通じて、自分で〃これは〃と自信のもてる映画は一体どのくらいあるだろう？

「いゝえ、ひとつもないわ、でもあたしこれから作って行こうと思ってるのよ、だけど、誰でも〃自信〃のもてる映画などないんじゃないんですか？、東宝で今井正さんが〃また逢う日まで〃を作ったでしょう、あたし最初に本（シナリオのこと）を読んでとても感激しちゃったの、これだけは絶対出たい―って思ったわ」

戦争矢張りイヤね

「あの戦争が終った八月十五日にも、あたし飯山に慰問に行ってました、終戦の放送はたくさんの兵隊さんたちと一緒にきいたけれどちっともわからないのよ、中には間違えて「バンザイ―」だなんていう人もいて…宿舎に帰ってからすべてを知ったんです

でも戦争は矢張りイヤですね、あたし機会があれば今後も反戦映画に出たいと思ってますわ、平和のために〃私〃という人間が少しでもお役にたてば、それだけであたしホントに嬉しいと思うんです」

平和投票はゼヒ

記者がとり出した平和投票用紙には「まあ―、あたしちっとも知らなかったわ、でもこれはスバらしいことね、是非署名さしてもらいますわ」と喜んでスラスラと、戦争反対―原爆禁止―の平和投票にその一票を捧げてくれたデコちゃんだった

寫眞は高峰秀子さん
凸版は平和のサイン

平和投票

「高峰秀子と平和投票」の記事、前文に「勝」のサインがある

なにあわててどこへ行くのかと見送るつもりが、いきなりぎゅっと手首をつかまれた。

「占領政策違反だ！　ちょっと来い！」

警官の一人が、大学生の持っていたプラカードに、あごをしゃくっていう。

どんな文字が書いてあったのか。

朝鮮戦争に反対するスローガンだったらしく、有無を言わせずに引ったてられて交番へ。ところが、腰にぼろ手拭いを垂らした相棒は、とぼけた顔にも似合わず、連れの私は無関係だと強く主張した。

これで私は交番から飛び出して、もよりの公衆電話から、町の平和を守る会連絡所に急報。大学生と一緒に、なんとか難を逃れることができたが、デコちゃんの署名で気をよくした私の、危ない一幕だった。

42　自分史

朝鮮戦争はさらに拡大した。

九月に入ると、マッカーサーは国連軍を仁川《インチョン》に上陸させ、三十八度線を越えて北進したが、思わぬ伏兵が待ち受けていた。中国人民義勇軍の参戦で、両部隊激突という最悪のシナリオとなる。

これに対して、「平和投票」も負けじとばかりに署名数を急増させ、最終的に日本で六百五十万人、世界で五億人に達して、アメリカの原爆使用を阻止したのだが、私は個人的に何かできることはないかと、悩み続けていた。たまたま手にした宮本百合子の『貧しき人々の群』が、悩みの谷間に一条の道を与えてくれたのだった。

百合子は、この第一作を十七歳で書いたという。もちろん足元にも及ばないが、ほぼ同年齢として、手をこまねいているわけにはいかない。そうだ。私でも文章を書くことなら、できるかもしれない。

何を書くか。もし私に書けるものがあるとすれば体験篇《へん》の生活的自分史だ。私の生きてきた生いたちには、最下層の貧窮と、生きるか死ぬかの戦争があった。そんじょそこいらの並みの体験ではない。

「過去の教訓を学ばぬ者は、ふたたび同じ過ちをくり返す」

と、警告した哲学者がいたが、過去の体験を掘り下げて書けば、自分を見つめ直すことと共に、これからの道筋も見えてこようし、そこから平和への思いを再確認できるかもしれない。たとえば、心ならずも特需景気を歓迎している人だって、少しは戦火の下の女性や子どものことに、想像力を向けてくれるかもしれない。

季刊誌「葦」の表紙

まずは自分のために、次いで、一人でも共鳴者を得るために、とりあえずの一歩を踏み出してみよう。幸いに、これまで書きためてきた「真実」ノートも、日記類もかなりの量になっている。それらが、きっと生きることだろう。

43 季刊誌「葦」

自分史を当面の目標にした私が、スタートラインに立ったのは、この年の秋口からで、ひょんなことから新しい職場に移った。季刊誌「葦《あし》」の編集部である。

雑誌の編集部といえば、きこえはいいが、後楽園に近く、荒物屋の倉庫二階の八畳間で、傷物の机上に電話すらないのには驚いたが、その庶民性は私の好みに反しなかった。

編集長は後に『あゝ野麦峠』で、吹雪の峠路を越えていく宿命の娘たちの実態と心情とを記録した山本茂実氏で、長野県松本で雑誌を創刊して、東京へ進出してきたばかり。明治時代の壮士を思わせるような風貌と個性の持ち主だった。

「葦」は人生記録雑誌で、工場や農村や学校にいるであろう恵まれぬ若者たちに、生活を見つめ直すことで、底辺からの素朴な連帯をアピールしていた。その先駆性はキナくささの充満した閉塞《へいそく》状況下に、一人からでも出発して、できるだけのことをやろうと決意した私の心に、通じるものがあった。ただし、葦はたとえ一本でも『葦折れぬ』になってはならじで、真実にしがみついていくつもりで、編集部の一員に加えてもらったのである。

学歴のハンディなど、問題にもされなかった。かわりに常識的な編集実務とは違って、雑誌をかついでの書店回りがほとんどだった。かなりの労働である。しかし、総勢四、五人ほどのスタッフで、同じ悩みを分かち合う青春のありようは楽しく、山本氏の激励もあって、私の自分史もできるかのような気持ちにかり立てられたのだった。

私は、心ひそかに思ったものだ。文章はうまいへたではないんだ、と。名文が書ければ、それにこしたことはないが、いささか望み薄で、たとえへたでも私なりの真実というか、心の内をきちんと書けるかどうかが、問題なのだ。宮本百合子の第一作からやや遅《おく》れをとったものの、十八歳のうちになんとかやり抜くべし、と。

44　書かんかね

編集部には、さまざまな人が登場した。

近くに住む作家の野間宏氏が、散歩の途中で立ち寄ってくれたり、亀井勝一郎氏や木下順二氏、椎名麟三氏も。たとえ雑談とはいえ、皆さんにはそれぞれの風格があって、私の中には満たされるものがあった。人間的なよい刺激だったと思う。

そのうち、山本氏がふとこちらを見て、

「そうだ、君も何か書かんかね」

「書けば載せてくれるんですか」

すかさず尋ねた。この機会を待っていたのである。

「そりゃ、出来具合如何《いかん》だが、君の生いたちを聞いていると、何か出てくるかもしらんな」

「書きたいなとは思ってるんです。でも、なかなか…」

「なんていってるうちに、時間が過ぎていく。やろうと思ったら、とにかく最初の一行を書き出すことだ。すると、次が出てくる。文章とはそういうものだよ」

編集部にいて、多くの手記を書かせてきた私が、山本氏の暗示にかかって、ミイラ取りがミイラになる番がやってきた。

一冊分三百枚を目標にしたが、やはり、それなりの準備が必要である。まず幼少期の記憶から、忘れがたいエピソードをメモにとり、日記やノートも読み返してみた。

次の作業は、右のエピソードメモを、カードにして、個人年表式に、時代を追って配列してみる。すると、また次の記憶が呼びさまされる。幼少期の自分が立体的に動き出すかのようで、その息づかいまでが甦《よみがえ》ってきた。

どれもこれも、やたらと悲しく寂しく、つらい思い出に、手足の震えるような空腹と寒気とが重なっている。そして、自分と対立していた周囲の動きや人間関係が、おぼろげながらに見え始めてきたようだった。

悩んだり迷ったり、溜息《ためいき》をつきながら、私は鉛筆を手にした。千野敏子本の「迷いよ、やってこい」の一行を、胸に刻みながら。

45　一挙掲載

「私には、ふるさとがない」

と、まず最初の一行を記してみた。

原稿用紙を買うゆとりはない。それに、さあ書くぞと意気込むから考えが硬直してしまって、先が出てこないのだ。気持ちの張りは必要でも、日記や感想のようなつもりで、鉛筆書きを進めればいい。気に入らなければ、何度でも消せるのだから。

ふるさとは故郷と書く。自分の生まれた土地のことだが、どちらかといえば里のイメージが強く、たとえ出生地でも、東京の下町をふるさとというには、ためらうものがある。したがって、書き出しの一行は、

「もし、ふるさとというものが、ただ単に、その人の生まれた場所だけであるとするならば……」

と、続けることになる。

すると、そこから先の文章はわりと自然に、荒川放水路の土手下の横丁《よこちょう》や、木造校舎の傾きかけた小学校での記憶につながっていって、肩肘張らずに綴《つづ》っていけば、なんとか素直に自分の感情が表現できるような気がしてきた。

あまりの貧しさから、小さな貝のように身をちぢめて萎縮した日々。めったに家に帰ってこない父や、働きづめの母のこと。そこに兄姉たちが重なり合い、ついに土手下の長屋を追われて、向島の祖父母の家へ転がりこめば、またまた貧しさ故のせつなさと屈辱ばかりが待ち受けていて、少年の私を泣かせるに事欠かない。

学校も教師もみんな冷たく、もっぱらズル休み専門で、浅草の繁華街をうろついているうち

に、戦争は日増しに破局へと進む。そして、そして…。

とりあえず書き上げたのは第一部だったが、ざっと百枚ほどの原稿を清書し、紐《ひも》でくくって持ちこんだところ、山本編集長の英断で「葦《あし》」次号に一挙掲載に。引き続き第二部に着手せよ、となったのだった。

「葦会」の仲間たち。前列左から2人目が山本編集長、最後列左のメガネが私

46　「下街の故郷」

当初の「葦《あし》」は、月刊ではなかった。私の原稿『下街《したまち》の故郷』（後に街を町に改める）は三回連載で、最後に「完」の一字が付くまでには、一年近くかかったと記憶しているが、さらに一冊の単行本になったのはその後で、私は二十歳になっていた。

まだ朝鮮戦争は続いていたが、ゴマメの歯ぎしりほどの平和への思いが一冊になり、私は最初にして最後の本と、信じて疑わなかったものである。

しかし、活字で残されているのは、とんだ赤恥もので、とうてい再読する気にはなれない。その後の長編『わが街角』などで補ってもらうより仕方ないが、当時は用紙不足で出版点数も少なく、人びとは活字に飢えていた。ましてや書き手が十代で、東京大空襲の惨禍をいち早く告発した書として、思いがけず好評だった。

ある大雪の日に、東宝の名監督山本嘉次郎氏がプロデューサーをともなって、「映画にしたい」と訪ねてきたり、浅草を舞台にする作家の浜本浩氏が、レストランに招いてくれて、「君は書けるよ。君の未来に乾杯だ」と、ビールのグラスを合わせたことも、忘れがたい。浜本氏は当時の流行作家の一人だったが、氏の激励で、どんなに勇気づけられたことか。

今思えば、大変なお世辞だったのだが、こちらは若かったせいか、すっかりその気になって、私でもできる、やればできるの自信になった。これで、幼少期からの劣等感を払拭《ふっしょく》できて、夢のある一歩を踏み出すことができたように思う。

しかし、結構ずくめの話が続くうち、やがて得体《えたい》の知れぬ不安が、色濃くなってきた。そのきっかけとなったのは、国民学校時代の同期生だったS子の反応である。私が強く意識していた娘で、私は刷り上がった本をイの一番に寄贈し、誰よりも彼女の感想を待ちわびていたのだった。

47 暗い記憶

そのS子との出会いは、夕刻の都電の中だった。まったくの偶然で、私は心臓がどきんと打って、停止したかのようだった。先に隣席から声をかけられるまで気づかなかったのはうかつだったが、彼女はいつのまにか大人の気配を身につけていた。

「あのう、ぼくの本ですけれど…」

下車駅が接近しているのに、私はたまりかねて切り出した。

「いただいたわ、ありがとう」

わりと素直な声で、あっさりといった。

「で、どうだったでしょうか」

「そう聞かれるのが、さっきから、とてもこわかったの。あたしね、あなたと違って、生活なんか振り返りたくないの。思い出すのがいやなのよ」

「……」

「こんなことというの失礼よね。ごめんなさい」

S子はうつむき、私と彼女のあいだには、さっと冷たい風が吹き抜けた。

こんなはずじゃなかった。私の本が、私とかかわる人との関係を深めることはあっても、人

ふるさと足立区柳原の町なみ

の暗い記憶を誘発するなんて、考えたこともなかった。あとは小声で、「すいません」というよりほかはなかった。

人にはそれぞれの考え方があるのは承知の上だが、憧れのS子から否定的な感想が寄せられたことで、私はくらくらと目眩《めまい》がした。思えば、まだ十代の若僧《わかぞう》が、働きながら書いた体験記となれば、辛い点などつけようがなく、過分な賛辞になるのも当然だった。それを私は実力と錯覚していたのだ。

私は生活派という以外に、なんの取り柄《え》もないのだから、もっとしっかりと大地に足をつけて、出直すべきではないのか。生活なんか振り返りたくないという人まで引きこむためには、それなりの説得力と、人間的な魅力が必要なのだ。

私は生活の原点に戻るべく、二十歳でいさぎよく「葦《あし》」編集部に別れを告げたのだった。

町工場で

出版社に勤めていたころ

48　十四時間労働

私の好きな啄木の詩に、「はてしなき議論の後」がある。ラストの「〝V　NAROD!〟と叫び出づるものなし」が、リフレインになっている。「民衆の中へ」と訳すべきだろうが、すでに死の床にあった啄木の、果たせぬ夢と受けとれる。

私もまた、詩人の後に続いていきたい。「葦《あし》」編集部を後にした時には、そんな心境だったのだが、だからといって、戻るべき職場が待っていたのではない。

朝鮮戦争は泥沼化し、膠着《こうちやく》状態に入っていた。戦局を打開すべく強硬策のマッカーサーはすでに解任され、特需景気は低落し、動乱ブームは去っていた。巷《ちまた》を吹く風は冷たく、気前よく安定を振り切ってきたものの、私の認識不足も相当なものだったと気づいた時は、八方ふさがりだった。

ワラにでもすがる気持ちで、工作機械の見習工として飛びこんだ鉄工場は、一カ月余で退散せざるを得なかった。

機械作業は荒々しいようでいて、その実、一ミリ以下の精度が問われる緻密さが必要だった。私はやってみて、そのどちらにも向いていないのに暗然となった。しかも、鋼鉄の肌に体温のすべてが吸いとられるほどの、長時間労働である。

朝八時に機械のスイッチを入れて、昼に弁当の冷たくなったのを口に入れ、夕方五時に機械の陰で冷えた茶をすすり、夜の十時まで。

実働十四時間。これが連日となったら、残されたのは、私の絞《しぼ》りカスである。後はただ一直線に帰宅すると、死んだみたいに眠るだけでしかない。

働くために生きるのか、生きるために働くのか。力つきた私は、敗残兵のようなみじめな気持ちで、退散せざるを得なかった。

ハーモニカ工場で働いていたころ

この間に、転んでもタダでは起きぬとばかりに毎朝一時間ずつ早起きして書いた「職場ノート」三冊が、手元に残された。生きている証しのように…。

49　ハーモニカ工場

次の職場は、民家に毛の生えたようなハーモニカ製作の零細企業だった。

板塀に貼られた「工員募集」のビラと、その塀越しに響いてくる独特の音色がなかったら、こんなところに町工場があると気づく人はいなかっただろう。

私には、もはや職を選ぶゆとりはなかった。といって、特別な技術はなし、中卒では事務職は問題にならず、体重四十八キロの貧弱な体で稼ぐほかはない。同じ労働ならば、力仕事でないほうがましというものである。

しかし、これまた私の認識は甘かったようで、鉄工場のマンモスみたいな機械操作もきつかったが、どんな仕事でも、仕事とついてラクなものはない。

ハーモニカ製作の最終ポストの、波動部についた。しばらくの間は、その仕事にも同僚にもなじめなかった。啄木の「V NAROD」も「真実」も、空気もれのゴム風船みたいにしぼんでいくかのようで、これが両足をつけるべき大地であったのかと、反問する日々だった。

波動（トレモロ）の調整には、波動台があるのだが、一日に何ダースもの仕上げ作業は、原始的な器具に頼っていられずに、口で吹きまくるほかはない。冬の季節は氷棒を一日くわえさせられたのと同じで、硬直した唇が裂けて出血することもたびたび。しかし、月末に手にしたのは、ぎょっとなるような低賃金だった。

「何かこうぶんなぐりたし給料日」

と、ノートに記したこともある。

みんな、けんめいに耐えているのだ、と思う。私にできないはずはない。S子だって、生活の重みにあえいでいたからこそ、辛辣《しんらつ》なひとことになったのではないのか。

私はまた、せっせとメモをとり始めた。掌《てのひら》に隠れるほどの手帳に、職場の会話やら事件などを収集して、帰宅してからノートに写しとった。書いておけば後で役立つこともある。

50　嘘も方便

私はいつしか、二つの長編を頭に思い描くようになった。

今度は自分史ではなくて、自分の生活体験を基調にはするものの、その上に虚構のロマンを上乗せして、青春小説でいきたい。

先の鉄工場と、それに続くハーモニカ工場と、どちらにも切実な労働体験があって、血のにじむような「職場ノート」も何冊かになっている。

しかし、どちらかといえば、あのマンモスみたいな平削盤《ひらけずりばん》にしがみついた二カ月間で、私は機械操作を教えてくれた職人Yさんの心に、直接に触れたと思えた瞬間を、テーマにしたかったのだ。

それというのは、鉄工場の長時間労働にへばりかけていた矢先《やさき》、ある人からS時計工場の採用試験があるが…、という耳よりな話を持ちかけられたのである。

私は飛びついた。S社には労働組合も、各種のサークルもある。それに小さな歯車やゼンマイを構成する作業なら、たぶん私向きで、石にかじりついてでも、受かりたいという願望になった。

採用試験には二日間を要するが、まさか他社を受けるので休むとはいえない。そんな時には嘘《うそ》も方便で、母が急病なので、と速達のはがきをYさんあてに発送したが、もう地獄のような職場に戻るつもりはなかった。

ところが、現実はつれないもので、結果は軽すぎた体重で不合格。奈落の底に突き落とされたような心境だった。ショックのあまり一日休み、四日目の朝、ふたたび鉄工場に戻ったのだが、Yさんはツカツカと前のめりにやってくるなり、

「オイ、おふくろさん、どした？」

なんの病気なんだ、とたたみこむような問いかけに、私はたじろいだ。

試験に落ちた失意で、母の仮病を速達にしたことさえ失念していたのである。

「はあ、実は、そのう…胆石なんで…」

と、私は出まかせに答えた。

「美しい橋」は後にテレビドラマにもなった。主演の山口百恵さん（中央）、プロデューサーの石井ふく子さんと

51 「美しい橋」

胆石は、隣家のおばさんの病名だった。

「そりゃいかん…」

Ｙさんは顔色を変え、ちょっと来いと先に立って歩いた。胆石で入院中の妻がいるという同僚の肩をたたいて、その対応を聞き出してくれた。

私は穴でもあったら入りたいほどにバツが悪く冷や汗ものだったが、Ｙさんの突きつめた表情に息をのみ、深く感じ入るものがあった。

Ｙさんは無口で、喜怒哀楽に乏しく、「仕事人間」そのものだったが、私はこの人の一面しか見ていなかったことに、ぱしりとほおを張られたような気がした。

残業残業で、夜の十時までの重労働が続けば、誰だって指先くらいは冷えてくる。私はＹさんの指先

白鬚橋と私

にちょっと触れたくらいで、あ、冷たい、とあわてて身を引いていたことに気づき、思い出すたび毎《ごと》に、胸が熱くなってくるのだった。

隅田川にかかる白鬚《しらひげ》橋を愛のブリッジに、会えない恋人たちをメインにして、Yさんを取りまく人間群像を描いた長編『美しい橋』は、少しロマンが過ぎたかもしれないが、私の体験した人間発見のテーマは、「職場ノート」があればこそ書けたと思う。こんなに早く役に立つとは思わなかった。

『美しい橋』と、ほとんど同時期に完成した『ハモニカ工場』は、六百枚余の長編だった。これまた小さな町工場の命運につながる時代を背景にして、底辺の愛と悩める青春群像とを追いかけた。

働きながらの執筆だったにもかかわらず、予定枚数をはるかに超過したのは、登場人物たちが作者から離れて、それぞれの個性で歩き出したからだろう。

この原稿は、「葦《あし》」編集部時代に親交を得た野間宏氏に送ってみたら、しばらくしてどさっとゲラが送られてきた。なんの前ぶれもなかったから驚き、夢かと思った。野間さんが、出版社へ持ちこんでくれたのである。

52　組合長として

最後の職場は、神保町の中堅どころの出版社だったが、三冊の自著が出た時期に、退社せざるを得なかった。私は二十代のなかばだった。

もともと倉庫の返本係で採用されたのだが、出版物は民主的で、私は好意を持っていた。ところが経営状態が行きづまるにつれて、職場の空気はぎくしゃくしてきた。

それに、私はわずか十人ほどの職場労組で、クジ引きで選ばれた組合長だった。迷惑な話で、組合員の中には強硬策を主張する者がいて、会社との話し合いは決裂し、争議となった。ついには全員解雇にまで追いつめられた。調停者が入った。組合員のうち二名だけを再雇用するという結果になり、皮肉にも私はおとなしい女子事務員と共に復職することができた。

どうして私が経営者のおメガネにかなったかはわからないが、路頭に追われた仲間たちからは決してよくは思われなかった。みんな急にそっけなくなった。共に復職した女性が結婚で退

ハーモニカ工場の仲間と

職することになると、私はたった一人の組合員のために社長と交渉し、規定の退職金を獲得してやったのを最後に、自分から職を捨てた。どうせ同じ結果になるのなら、みんなと一緒にクビになっていればよかったのである。

次の職を求める気力もなかった。戦時動員の十二歳から働いてきたのだから、わずかな退職金と失業保険が切れるまではふて寝と、腹を決めた。

実家には、失業者の居場所はない。次姉の嫁ぎ先が葛飾区にあって、すぐそばのバラックに転がりこんだ。京成高砂駅から徒歩十分。家賃なしが利点だった。先の見通しはないが、なんとかなるだろう。

レッドパージ後の姉は、自宅にタイプライターを入れて、手内職にパチパチと打っていた。自分もクビになったせいか、失業した私にはよくしてくれた。

53　帝釈天

新居とはいえないバラック住まいのメリットは、向島の実家と違って、緑の自然と散歩道が多いことだろう。

たとえば、柴又の帝釈天《たいしゃくてん》は、歩いて数分の距離にある。駅に接続した参道のアーチに入ると、両側にひくい軒をつらねて、名物草だんご屋と土産物店がちまちまと並び、客足が少ないせいか、どこもさびれきっている。だんご屋は店番もいなくて、声をかけると、奥から前掛け姿のおばさんが、はいはいと出てくる始末だった。

だんご屋に腰をすえる金もなく、塩せんべいを買って、ほおばりながら行けば、すぐ帝釈天の本堂だ。その横の竹やぶの細道を抜けると、江戸川の土手に突きあたる。視界が一気に広がるのは、せいせいとした気分で、悪くはない。

いつか私は、畑仕事をしていた男性の渡し舟で、江戸川を越えて、その先の千葉県国府台《こうのだい》の山へ向かったことがある。

山の中腹には、深い木立に囲まれた牧場があったと記憶しているが、もしかすると、雑草地を囲って放牧している農家だったかもしれない。

日当りのいい草むらにごろりと寝そべって、雲の移動していくのを見ていたら、

「学生さんかいね」

ほおかむりをした初老の女性が、草刈り鎌《がま》を手にして立っている。とっさに農家の庭に入っていたかと息をのんだ。

「ええ、もう帰らなくっちゃ…」

と、腰を浮かせるに、

「よかったら、一杯やらんかね。しぼり立てのがあるよ」

「は？」

「ミルクだよ、学生さん、きらいかね」

「いえ、いただきます」

どこの馬の骨とも知れぬ私に、気安く声をかけ、一杯のミルクを恵んでくれた農家の女性に、私は目頭がぼうっと熱くなったのだった。

54 「葛飾文学」

私は自由時間を持てあまし気味だったが、再び職につくつもりはなかった。新しい人間関係が煩わしく、失業保険金が切れるまでは、好きな本を読んだり、長編のプランを考えたりしたかった。

支給された保険金は、すぐに百円玉に替えて、牛乳瓶に詰めこんだ。一日に何枚かずつ取り出して、食事代にあてる。バラックにこもりきりはよくないので、午後の昼寝のあとは、ぶらりと町に出る。

駅のそばのミルクホールが、私のうさ晴らしの場所だったが、途中で道くさしたのは、たった一軒きりの書店に、「葛飾文学」という同人誌を目にしたからである。

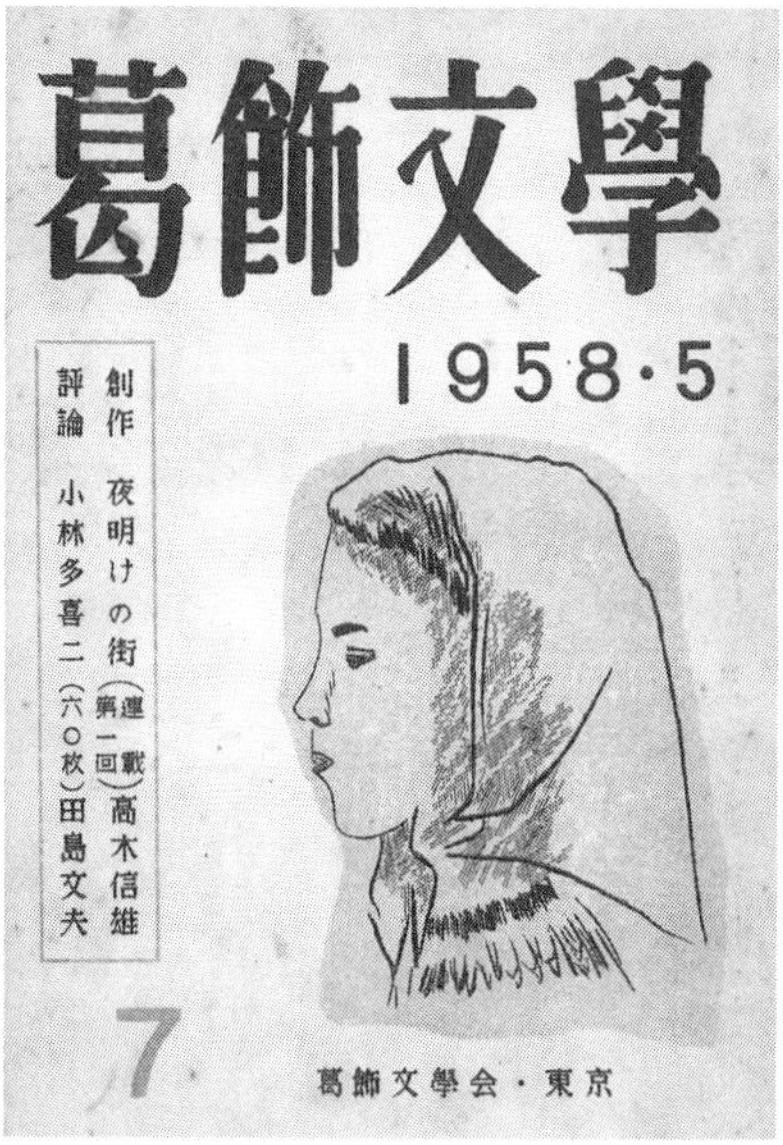

書店で目にした同人誌「葛飾文学」

大枚四十円で入手したが、一読するに生活感のある内容に奥行きが感じられて、文学修業のひた向きさがあった。こんなひなびた場末の町にも、ロマンを求める若者たちがいるのに気をよくした私は、奥付にある発行所まで、足を向けた。

本文ガリ切りから、印刷製本に至るまで、すべて一人でこなす編集責任者のT君は、病み上がりの体で定職はなく、生活はきびしかっただろうが、どこか間の抜けたような落ちつきと、人の善さがあった。彼の二階の一間を居心地のいいアジトとする者は少なくなく、ほどなくして、私もその一人になった。

文学会の一同は、原稿が書けないといっては集まり、書けそうだと怪気炎を上げ、書いたといっては飲んだ。いつも合成酒か焼酎で、みんな例外なく金欠病だったから、酒量は少々でも、ぜいたくな気分になった。おかげで、牛乳瓶の百円玉は、みるみるうちに安酒に化けていった。

私は、葛飾にきてから、「秘密」という長編を考えていた。例によって底辺の臨時工を主人公にして、珍しくミステリータッチの作品のせいか容易に書き出せず、飲んだ勢いでその構想を話すと、あれこれとお節介《せつかい》なアドバイスで盛り上がるのだった。

55　集金

父からの血筋のせいか、私は一杯やると、気が大きくなるくせがある。

「主人公はね、臨時工の青年でさ、初恋の女の窮状に同情して、会社の集金に手をつけてしまう。その穴埋めに困って、町をさまよううち、銀行帰りの女の茶封筒に目が釘《くぎ》づけになるんだ。あ、あすこに金がある、と」

「それで、どした?」

「発作的に大金を引ったくるも、逃げ道に立ちふさがる塀を越えたとたん、ある娘に目撃され

構想は小説から映画に。1960年2月24日、映画「秘密」。主演の佐久間良子さん、江原慎二郎さんと

る。たとえば女優の佐久間良子さんか、吉永小百合さんみたいな娘なんだ」

「そんな美女か、はっははは…、現実はな、そんなに甘かないよ」

「まあ、聞けって。主人公は目撃者の口をふさがぬかぎりは、秘密がばれる。しかし、女のほうは、彼が犯人だとは気付いていない。そうして二人の仲は密になっていくが、しょせん犯人と目撃者だ。その差は埋まらない」

「なるほど。で、どうなる？」

「わからん。それで悩んでいるんだよ」

話し合っているうちに、小説の構想はさらにふくらんできて、おかげで、書けそうな気がしてくるのだった。

しかし、執筆ははかどらなかった。

突然、眠ったみたいな町に、大騒動が持ち上がったのだ。騒動の火付け役は私だったが、当初はそんなつもりではなく、ただ町内の少数意見も尊重してもらいたいという、ささやかな意思表示でしかなかったのである。

事件の発端は、町内会の役員数人が、もよりの小学校に講堂兼体育館を建設しようと、寄付金の徴収に来たところから始まった。

なにやら町ぐるみの態勢で、協賛会が出来て、そういう方針に決まったのだという。子どもの通学する学校に体育館を、という発想自体には何も異存はない。問題はその建設費のほとんどを、天下り的に住民にしわよせしようというやり方で、応分の寄付とはいいながら、最低一口が千円だという。

56　公教育とは…

小さな不正を見逃すと、大きな不正にも盲目になる。私は文学会のアジトへ出かけて行き、T君に詳細を話して、平和的生存権の侵害だとまくし立てた。

「そりゃわかるが、テキは町内会とPTAが合体して、強力なブルドーザーだぞ。今さら小石を投げてみてもなあ…」

彼はお茶を飲みながら、思案気だった。

文学仲間と浅草寺庭で。前列左はしに、いわさきちひろさん、中ごろに私

「いや、勝ち目があるかないかじゃないんだ。それはチトおかしいんじゃないかの声を、伝えるだけさ」

「どうやって伝える？」

「ビラさ。題名は〝町内ニュース〟だ」

「なんだ、そこまでいってるのか」

「少数意見でも、伝えないものは、伝わらないもんな」

「ふむ、沈黙は容認になるか」

人の善いT君が、照れたように苦笑した時、彼が動くなら、これはいけるぞと私は思った。私は印刷技術を持つ彼の協力を、見込んでいたのだ。

寄付というからには、金額は自由でなければならない。最低一口が千円というのは、相手も警戒心を欠いたのだろうが、ラーメンが三十円の時代である。むろん私はNOで、それで、すんだはずだったのである。

しかし、後になってからわかったが、総工費七百二十万円の三分の二（三分の一は公費）を、千八百所帯の町民に負担させようとの計画で、学校では〝お小遣い貯金〟と称して、子どもの小遣いまで当てにしているのだという。

さらに生活保護所帯にまで、顔なじみの役員が数人もで回っているのは理不尽な話で、もしも福祉事務所に知られたら、余裕ありと見なされて、同額の扶助料の減額にもなりかねない。町内会の役員は、子どもがお世話になる学校だからと口にしたが、子どもをお世話させていただくのが、公教育の立場ではないのか。許せない、と私はつぶやいた。

57　文字対文字

「町内ニュースNo1」は出来たが、問題は配布である。文学会のメンバーで、該当する町内に居住するのは、私だけだった。

これは言い出しっぺがやるより仕方ない。朝五時、まだ暗いうちに起床した私は、一人で全戸配布に踏みきった。三時間余かかってもまだ残部があった。

見るに見かねた姉たちが、No2から手伝ってくれて、配布時間は減ったが、バラックにたどり着くと、ポストにメモが入っていた。

「夜中、泥棒猫みたいに、町をウロチョロするな。お前のようなアカは、町民たる資格はない。

配布した「町内ニュース」

一日も早く中国、ソ連へ帰るべし。バカモン！」

どこの誰か、名前も住所もない。

バカモンといわれれば、その通りかもしれないと思った。骨折り損のくたびれもうけで、居住者の大半は、「子どものため」ならご苦労さまと、寄付に応じたのかもしれない。一人でヤキモキしたって始まらないのではないか。

しかし、私には幼少期の貧窮による記憶がある。「子どものため」なら、ここで引くわけにはいかないと思った。こちらが正論なら、こちらに分《ぶ》があるはずである。

協賛会主催による町民総会に参加して、柄にもなく、訴えたこともあった。「町内ニュース」は連続して発行され、協賛会側は回覧板で反撃してきたが、文字と文字の対決となれば、私たちの土俵だった。それに町内で、私たちほど、時間に拘束されぬ者はいなかったと思う。

まあ、失業者のやることではないと、何度つぶやいたか知れないが、運動は年を越して紆余《うよ》曲折《きょくせつ》はあったものの、体制固めを狙った町民総会は圧倒的多数の挙手で、全額公費による建設計画を決定。かれらが集めた寄付金は、利子付きで返金されることになったのだった。

アカといわれようが、バカモン呼ばわりされようとも、少数意見が町民総意になったのだった。

58　「会いたい」

一度出した寄付金が利子付きで戻ってくると思った人はいなかっただろうが、私には戻らなかった。寄付に応じなかったのだから当然だが、ビラ代に飲み代などの出費で、生活費は底をついた。

なんとか元を取れないものかと、実際の運動に虚構を加えた小説『小麦色の仲間たち』となったが、意外に好評だった。後にＴＶ連ドラで「下町の青春」（坂本九主演、今井正監督）となり、岩谷時子さん作詩の主題歌が、気持ちよく流れた。ビラ代くらいは戻ってきたかと思う。

しかし、私にとっては、もっと心ときめく後日談がある。

ある女優さんが、前記の小説を映画化したいとの意向で、会いたいと伝えてきたのである。

吉永小百合さんと

誰あろう、吉永小百合さんである。一人で出かけてこっそり会えば、夢も現実になったかもしれないが、当時の私は、お腹《なか》の大きくなりかけたカミさんがいた。彼女に自慢げに語ったのが運のつきで、「あたしも行くわ」となったのだった。カミさんが結婚に持参したカメラが、私と吉永さんのツーショットをとらえている。次いで私が交代したのだが、その一枚はピンぼけで、後からさんざん文句をいわれたものだった。

映画化は、残念ながらシナリオ段階でボツになったが、吉永さんの『こころの日記』(講談社)の一九六五年一月四日の記述に、「早乙女さんに会う、実直な良い方。〝小麦色〟何とか実現できないだろうか。明日は、明日はきっと…。毎日毎日そう言って生きて行く私」と出ている。

私原作の映画化は、二十代で三本あるが、東宝、松竹と続いての東映の「秘密」は、家城巳代治監督。佐久間良子主演で実現した。私がぜひとヒロイン女優を監督に告げたせいか、忘れられぬ青春映画になった。また松竹作品は、山田洋次助監督・シナリオだったことも、不思議な縁である。

59　寅さんの原点

山田洋次さんとの出会いは、私の第二作『ハモニカ工場』（井上和男監督「明日をつくる少女」）のロケ現場だった。まだ助監督だったが、伸びやかな長身に、どこかはにかみ勝ちのナイーブな方だった。

映画人という気負ったところがなく、おたがいに二十代だという気安さもあってか、世田谷のお宅まで遊びにいったことがある。ひと部屋のアパート住まいで、その書斎たるや二段ベッドの上段だった。幼女が上がってこれないように梯子《はしご》をはずして書くのだ、というのがおかしかった。

次いで、監督になったばかりの山田さんが、葛飾のわが家へ一週間ほど日参されて、一緒にプロットを練ったのが、「下町の太陽」である。この映画は倍賞千恵子さん主演だけが決まっていて、歌はあるものの、原作はない。

彼女を石けん工場に働く娘にして、素材を出し合い、構成案までいくのに、一週間は貴重な

山田洋次監督（左）と打ち合わせをする私

時間だった。お酒をやらない山田さんを案内したのが、柴又の帝釈天で、後に「男はつらいよ」の舞台になろうとは、夢にも思わなかった。

「参道のみやげもの屋の並ぶ通りには、古い東京の下町の町並みと生活が色濃く残っていた。高木屋という老舗の団子屋で、おでんと茶めしをご馳走《ちそう》になった。よもぎの香りの強い草だんごというのも、はじめて食べた。なにもかも珍しかった…」

と、山田さんは回想している。

「下町の太陽」のあと、テレビの「男はつらいよ」で、寅《とら》さんのキャラクター作りに、何度か赤坂の旅館で話しあった。

山田さんは、興行師でアウトローだったわが父に、興味と関心を持たれたようだった。その折に渥美清さんともお会いしたが、口数も少なく、思慮深い人だったとの印象がある。フーテンの寅は、実は役柄だったのだ。

倍賞千恵子さん（左から３人目）と、その右に私原作「明日をつくる少女」の井上和男監督

「それじゃ、お兄ちゃん、体に気をつけてね」
エプロン姿のさくらは、寅さんの永遠のマドンナだったのかもしれない。

声なき声をつたえる

カミさんと私

60　この子の未来

吉永小百合さんに会ったその年（一九六五年）の三月三日に、わが家に新しい生命が誕生した。男の子で、輝《てる》と名づけた。

父親になるというのは、妙な感覚で、さっぱり実感がない。これからオヤジとしての、さまざまな重みが肩にかかってくることで、父親にさせられていくのだろう。

「あら、これからなら、私だって同じよ」

カミさんは、小学校の音楽教師だった。

「こちらは半失業者なんだよ。月給はなし、財産はゼロで」

「私たち、この子の未来に、何も残せるものなんかないのよね。だから、せめて平和だけはきちんと、と思っていたのに…」

と、カミさんが少し涙声になったのは、お産の寸前に、アメリカ軍による北ベトナム爆撃（北爆）開始が報じられたからである。

二月七日が北爆の開始日だが、三月二日には、南ベトナム空軍と米空軍百六十機が、北ベトナムのドンホイなどを猛爆撃、本格的な北爆の始まりで、戦場がそれまでの南ベトナムから北緯十七度線を越えて北ベトナムへと拡大。これに呼応してか、完全武装の米海兵隊三千五百人がベトナム中部のダナンへ上陸、今度は地上戦の幕あけとなる。ベトナム戦争は、日を追うごとに激化していく様相なのに、佐藤栄作首相はいち早く、そのアメリカ支持を表明した。

カミさんの両親は、横浜の人だが、戦時中の治安維持法でひどい目に遭っている。特に活動家ではなかったようだが、共に社会科学のサークルに参加していたくらいで、警察の取り調べを受けた。語りたがらないのは、よほど不快な記憶なのだろう。

だから、その娘が戦争のセの字も嫌いなのは承知の上だったが、わが子に残すべき財産は平和のひとことには、私も同感だった。カミさんが急逝してからも、その一語は忘れられない。

そんな私たちに、強い印象を与える人たちが登場した。

61　ゼッケン通勤

ある日のこと、有楽町の街頭で、「アメリカのベトナム爆撃に反対する署名を」と、声からしているグループがあった。

「皆さん、ベトナムの石一つでも、アメリカの国土に落ちたことがありますか。ワシントンの木の葉一枚でも、ベトナム人にもぎとられたことがありますか」

私は、思わず足をとめた。

「アメリカにも、言い分があるかもしれません。でも、ベトナムからは、なんの被害も与えられていないのです。それなのに一万六千キロも離れている小さな国に、数十万人もの軍隊を送りこみ、戦火を拡大しているアメリカに、どんな正義があるのでしょうか。アメリカがベトナムから出ていかなければならないのは、誰の目から見ても明快です。そして、沖縄の嘉手納基地から飛び立ったB52戦略爆撃機が猛爆撃を続けているのです。日本人として、これを許すわけにはいきません」

マイクを手にして訴えている青年の横には、何枚ものパネルが並んでいた。

畑のあぜ道に、数人が倒れている。兵士ではなくみな農民だ。目を移していくと、炎上する人家を背景に、裸足《はだし》のまま横たわる女性、あおむけになった赤子。小さな指が、何かにすがるように、開いたままで…。そんな時だった。「アメリカはベトナムから手をひけ」のゼッケンを胸につけて、都内に勤務する一人の男性の姿が、テレビで報じられたのは。一九二四年生まれの金子徳好さんという。

わが子が生まれた翌月、四月五日が、金子さんのゼッケン通勤の初日だった。道を歩いていても電車に乗っても、「足は小きざみに震えて、ほおはつっぱる」で、せいぜい三日どまりになりかねなかったが、一度はずせば二度とつけられないし、新聞やテレビで報じられるに及んで、引っこみがつかなくなった、と。

金子徳好さん（右）と握手する私

すごい人がいるものだと、私はドギモを抜かれたが、誰にでもできることではない。

62　家永三郎先生

そのうち、金子さんはゼッケンの上に、「ベトナムの子どもたちに」という募金箱を胸にさげて歩いた。

「いくらなんでも、それじゃ物乞いよ」

奥さんが反対したそうだが、彼の意志は固かったのだろうと思う。

金子さんは、男ばかり四人兄弟の末っ子で、四人とも戦争にかり出され、長男は沖縄で、次男は中国で戦死し、父親は米軍のトラックにはねられて死ぬという痛恨の過去が、下地になっていたのかもしれない。

結局、金子さんのゼッケンは八年余にもなったわけだが、この間に日本のベトナム反戦運動は、国際的なうねりと呼応して、かつてないほどの盛り上がりとなった。

全国的に展開された運動は自発的であったから、多種多様で創意に満ちていた。私も下町地区で三回もの「ベトナムの母子を支援する下町っ子集会」を、友人たちと開いている。金子さんほどの勇気はないが、私なりの方法で、人間としての心を、ベトナムの子どもたちに届けたかったのである。

そうして迎えた一九七〇年六月、区民のサークル・葛飾文化の会主催による講演会は、教科書検定訴訟を踏まえて、原告の家永三郎東京教育大教授から、「教科書の話」を聞こうという集会だった。

講演会は、五百人からの区民を集めて成功したが、そのあと家永先生を囲んでの懇親会の席上、先生はご自分が執筆した高校生向けの教科書の中で、数枚の写真が、「太平洋戦争の記述が暗すぎる」との理由により、文部省から不合格にされたという話をされた。

その一枚は、「原爆で焼け野原になった広島」だったが、先生は続けて、これから原爆の記事や写真は教科書から少なくなっていくだろう、と語った。そのとき私は、思いきって発言したのである。

「先生、教科書に残していただきたいものが、実はもう一つあるのです」

63　教科書と戦禍

私を見る家永先生の視線は鋭かった。私は発言を続けた。

「原爆の記事や写真は、もっともっと教科書に、と思いますが、東京大空襲の無差別爆撃も、ぜひお願いしたいのです」

「なるほど。三月十日には、八万人以上の都民が死んでいますからね」

「ええ、たった二時間余の空襲で、十万人という説もあります」

「二時間で？　そんな短時間にですか。そこまでは知りませんでした」

「油脂焼夷弾《しょういだん》による火焔《かえん》は、ものすごい北風にあおられて、下町地区をなめつくしたのです。アメリカ軍は、わざわざ北風の強く吹く日を狙ったのです」

「当時、あなたはおいくつでしたか」

「十二歳です。向島で生き残りました。でも、あまりにも資料がなくて、先生に書いていただくよりほかは…」

先生は苦笑されて、頭に手をやったが、すぐに表情を戻してうなずき、

「そう。東京空襲は空前の大被害にもかかわらず資料不足ですよ。後世に伝えるためには、今のうちに何とかしませんと…」

集会が終了して帰宅してからも、このひとことが、私の頭に反復された。

しかし、教科書から過去の戦禍が遠のいていくのも、無理はない。政府は空襲被害者はそっちのけで、爆撃を指揮したカーチス・ルメイ将軍には、一九六四年暮れに勲一等旭日大綬章を贈っている。航空自衛隊の育成が理由だった。これに対し、「火の夜」の惨禍を訴えるのは、生存者の権利と使命ではないのか。

七〇年三月十日付の朝日新聞「声」欄に、「子に語ろう三月十日」なる私の投書が、トップに出ている。その結びは「いまベトナムに、無差別爆撃が行われている」だった。しかし、このくらいでは足りない。足りなすぎる。私は家永先生の悲痛なことばに、焦燥を感じ始めていた。

64 「記録する会」

その私の脳裏に、ふと、ひらめくものがあった。「東京空襲を記録する会」なる民間組織を立ち上げて、美濃部亮吉都知事に、都民参加の大資料集作りの要望を出してみたら、どうなるか。

東京大空襲は、東京都最大の受難史なのだ。しかも、たまたま革新都政下である。さらに都

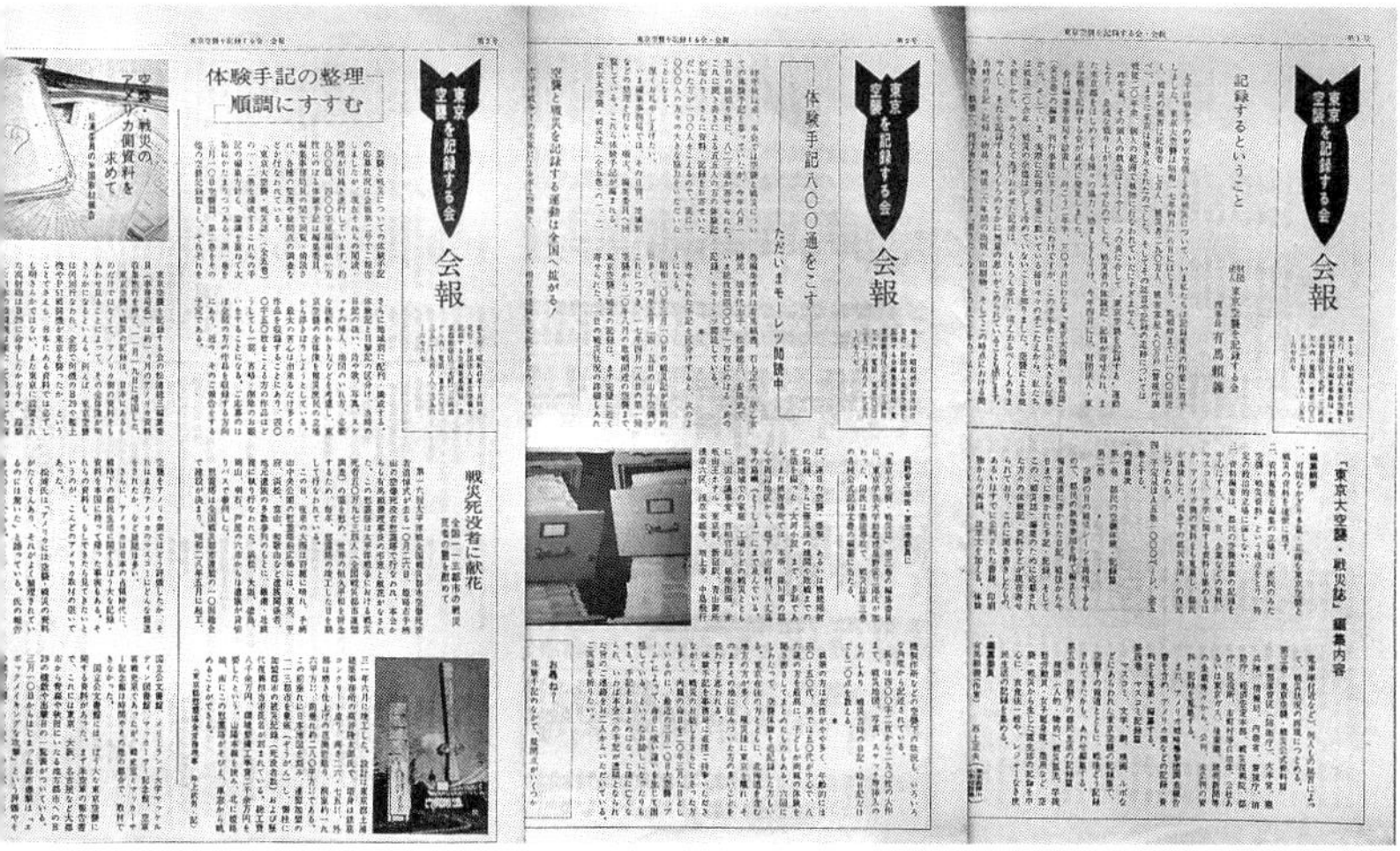

東京空襲を記録する会の会報

知事は家永先生と同じ大学の元教授だった。こちらが動き始めれば、家永先生の協力も得られるかもしれない。

私は、ほとぼりのさめやらぬうちに、ある人に電話を入れて、右の思いつきを打診した。

ある人とは、ジャーナリストの松浦総三《まつうらそうぞう》さんである。松浦さんは総合雑誌「改造」の元編集者で、東京大空襲の取材に、わが家にまで来たことがある。一見して重厚な感じの実力者だった。

松浦さんと会って、私が驚いたのは、アメリカ側の資料に詳しいことだった。たとえば三月十日のB29の来襲機数だが、戦後ずっと大本営発表の百三十機だったが、松浦説によれば米側資料で三百三十四機だった。へえ、そうだったのかで、三月十日空襲の実像が、立体化されたような気がしたものだった。

もしも、大資料集編さんが実現したら、ベテランの編集者がいなければ、話は進まない。その重責を担えるのは、この人と思えばこその打診だった。

「そりゃ、企画としては大変な発想だが、うまくいきますかねえ」

松浦さんの第一声だった。

「先のことはわかりませんが、何事も最初は一人から始まるのも事実です。家永先生の協力があるかないかで、かなり違ってきますが、やるだけの値打ちはあるんじゃないかと」

「ふむ。じゃ都知事への要望書を書いてみてください。それを家永先生に見てもらって、次を考えることに…」

これで一人が二人になった。

要望書の下書きは、もう出来ていたのだ。

65 都知事へ要望

都知事への要望書は、清書すればよかった。その原稿持参で、松浦さんと教育大の家永先生を訪問したのは、葛飾での講演会から数日後だった。

先生も驚かれたにちがいないが、わざわざ時間をさいて、その場で、私の書いた文面をチェックしてくださった。こちらは少し気負いこんでいたせいか、先生の指摘はかなりきびしかったが、的確だった。おかげで要望の内容がより具体化できたと思う。

この先の二稿は、松浦さんが引き受けて、私はもっぱら要望書の発起人を募って歩くこととなった。

この年、一九七〇年は、戦後二十五年だったから、東京空襲を体験した文化関係者はまだ存在していたし、お元気な方が多く歓迎された。私も三十代。人生の半分もきていない。

私は発起人をリストアップして、松浦さんと相談の上で決めた。電話で承諾してくれた人もいれば、お宅まで訪ねて、こちらの趣旨と内容までの説明を必要とした人もいる。

最終的にＯＫしてくださった方の内、主だった方は、次の通りだった。

有馬頼義（作家）、阿部知二（作家）、家永三郎（歴史学者）、加太こうじ（評論家）、徳川夢声（声優）、深尾須磨子（詩人）、山本嘉次郎（映画人）、安田武（評論家）、吉野源三郎（児童文学者）、石川光陽（写真家）、などなどである。そして私。

組織作りには、都議会でも反発されないようにバランスをとり、会の代表には近衛内閣農相を父に持つ作家の、有馬頼義氏を内定した。有馬さん宅訪問で、取り次いでくれたのは、後の作家立松和平さんである。

都知事室にも連絡をとり、都知事との会見は、八月五日午後と決まった。

「さあ、いよいよだぞ」

都庁行きの日が迫るにつれて、私は夜も眠れなくなった。言い出しっぺはつらいよ、である。

66　美濃部知事と

その日がきた。

一九七〇年八月五日、有楽町にあった都庁舎ロビィに集まったメンバーは八人ほど。その場で「東京空襲を記録する会」発足日として、代表の有馬さんを先頭に、都知事応接室へと向かった。

どこでどのように知ったのか、応接室は報道陣でいっぱいだった。いやが上にも緊張せざるを得ない。さあ、どうなることか。

定刻と同時に、長身の美濃部知事が、足どりも軽く登場した。

同じく長身の有馬さんが、「先代がお世話になりまして」とあいさつ。東京都への要望の趣旨を説明して、文書を都知事に手渡した。報道陣のフラッシュが一斉に光る。都知事は直立したまま文書に目を通して、ほおをゆるめながら発言した。

「いやぁ、ご苦労さまです。わたしも、あの日は八王子にいましてね、空襲の翌日、自転車で

美濃部都知事（右から2人目）の右に家永三郎さん。左は松浦さんと私

出かけて見て、よく知っていますよ。悲惨そのものでした。大空襲のことは知らせる必要がある、と考えていましたから、できるだけの協力をしましょう」

快諾だった。人生にはいろいろな瞬間があるが、このひと時は、私の人生に、またとない決定打だったといえよう。私は都民でよかった、と思った。

「ところで…」

と知事は言葉を継いで、

「この大資料集ですが、一体いくらくらいかかりますか？」

誰も、そこまでは考えていなかった。ところが間髪を入れずに、威勢のいい声で、

「一億円！」

評論家の加太こうじさんだった。紙芝居「黄金バット」の作者で、バットの笑い声は、豪快そのものだったのを覚えている。

一億円に私はうっとなったが、都知事はそう驚いた様子でもなく、軽くうなずいてみせた。

67 いつもダメ元

美濃部都知事への陳情と快諾、「東京空襲を記録する会」の発足までは、きわめて短期間にスンナリと行ったが、そのあとは難行苦行だった。加太さんのいう一億円が、ぽんと出たわけでもない。

たとえば編集体制の組織作りだが、私のプランでは、東京都が受けてくれた場合、都の職員が主体的に作業を進め、こちらは協力する側で、都の丸抱え方式だろうと思っていた。

ところが、有馬氏はじめ、発起人の多くは、都の補助金を受けて、記録する会が自主的にやる案を強く主張した。でなければ自分はやらぬ、と有馬氏。

しかし、私たちの戦災誌は全五巻からなる構成で、各巻千ページ。完結までに三年余りという大企画だ。容易なことではない。しかも、財団法人でないと、都の予算は付かず、法人化には多額の基礎資金がいる。

結局、基礎資金は有馬氏が用意することになったが、ここまでくると、もはや私の出番ではなかった。こちら、オカネのことはさっぱりなのだ。

「都民参加の資料集だから、一、二巻が体験編となる。その記録作りにすぐ役立ちそうな手軽な一冊を、どこかで出せませんか」

事務局長の松浦総三さんの要請である。

「どこかって、どこ?」

「岩波新書あたり、どうですか?」

私は思わず悲鳴を上げた。そんな高名な出版社を、うんといわせる実力はない。あははは…と笑って、

「そりゃ、無理ですよ。とてもとても!」

「まあ、挑戦だな。高いハードルも、その気になればなんとやらでね」

いつもダメ元から始める私は、一人で岩波書店へ出かけて、『東京大空襲』の一冊を書かせてほしいと、要請した。原稿はこれからだというと、相手はあきれたような顔をした。書いた原稿を持参せよが、返事だった。

68　体験者の語り

私は八人ほどの戦災体験者を選んで、時系列に三月九日〜十日の一夜に迫っていく構成を考

え、振り出しで会った人が、当時、深川図書館で働いていた橋本代志子さんである。

私は、大空襲の火中で、両親と妹さんとを失った橋本さんの語りに、大変な衝撃を受けた。

橋本さんは、当時、本所区亀沢町に住む二十四歳の母親で、長男の博君は一歳を迎えたばかり。夫は警備召集で、非常時にはいつも駐屯所勤務だった。残るは両親と三人の妹さんの七人家族である。

はじめ、彼女たち一家は、家の前の防空壕《ごう》に避難していた。

B29の爆音は、耳がおかしくなるほどの低空らしく、ごうごうと響き、あちらこちらでドドド…と、断続的な怪音。至近弾だ。

「おい、逃げるんだ！」

壕の外で、周囲の様子を見ていた父が怒鳴ったのは、十日の零時過ぎだった。

「ここは、もういかん。見込みがないぞ！」

父のいう通りで、外はすさまじい火の粉の突風だった。やっと総武線のガード下へたどりつくが、ここで家族の意見が分かれた。竪川へ逃げようという父と、この場から動かずにいようという妹たちと。

結局、橋本さんは父母と共に、三之橋を目指して走るが、橋上は火のかたまりとなって、転げ回る人、のたうち回る人の修羅場だった。突然、背中の赤子がギャーッと異様な声を上げた。

何事か。あわてて子どもをおろして胸に抱くと、口の中が真《ま》っ赤赤《かっか》。

「いえ、血じゃないの。泣いている口の中に火の粉が入って、喉をふさいで、カーッと燃えているのよ」

「え？　で、どうしました？」

「あわてて、指で火の粉をえぐり出して、子どもを下にうずくまり、その上に両親が…」

ふいに、父が狂ったように叫んだ。

「代志子、川へ飛び込め！」

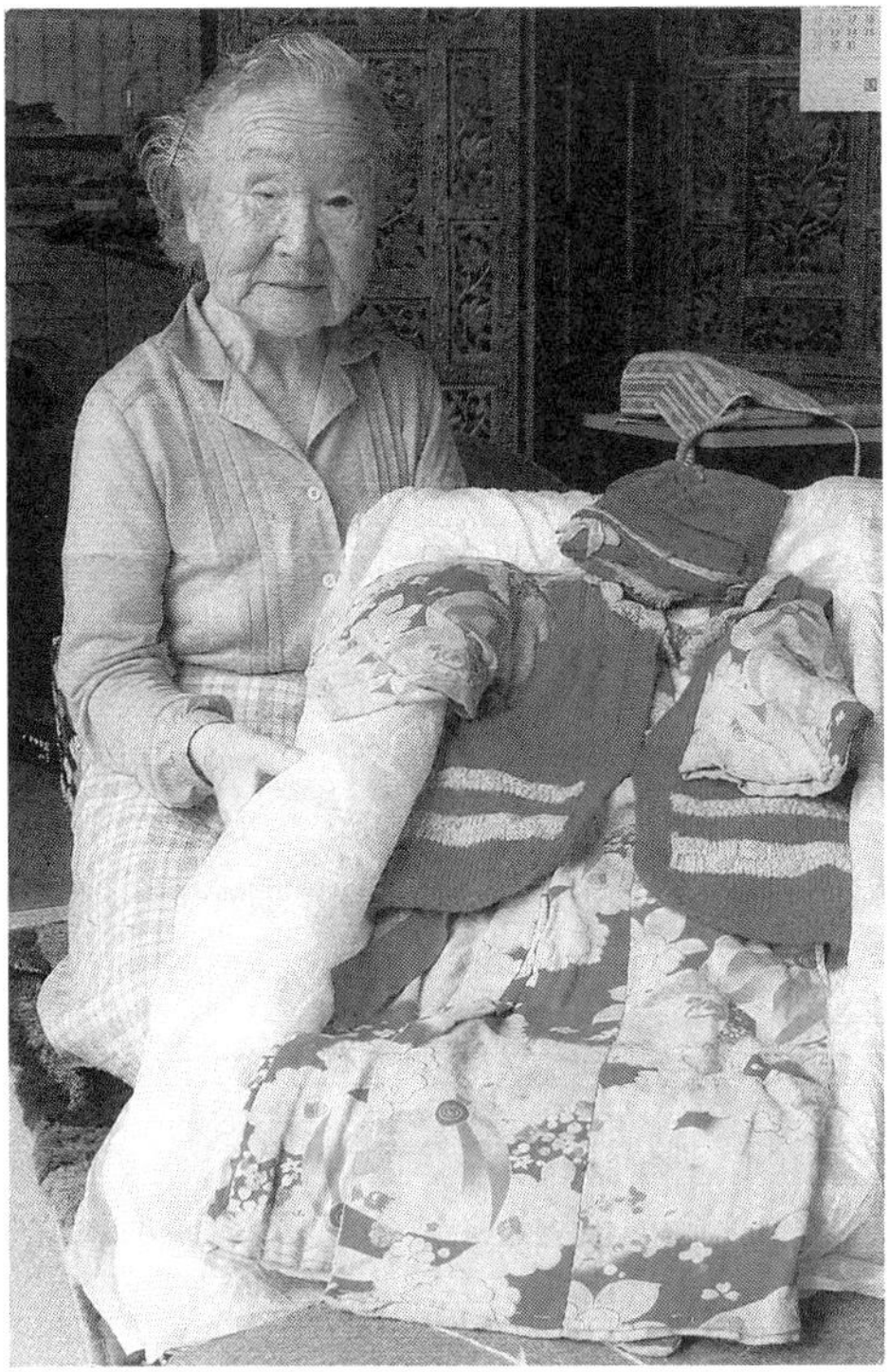
鎌田十六さんと、3月10日、背中で死んだ赤ちゃんの衣類（センターに展示中）

69　防空頭巾

父は彼女の肩をゆすって立たせ、母は、

「おまえ、これを！」

と、娘の頭に、自分の防空頭巾をかぶせてくれた。炎群《ほむら》を前にした母の顔といったら、今も深く心に残っていて、消えることはありませんと、橋本さんは声をうるませた。

防空頭巾を失えば、女性は髪の毛から炎上してしまう。母は生死の瞬間に、自分の命を娘に託したのだろう、と私は思う。

父母の足手まといになってはと、橋本さんは赤子を抱いて、水面へと身を投げる。水は凍るように冷たくて、刃物が突きささるような感覚だったが、小舟に乗ってきた二人の男に救われて、母子共に一命を取りとめる。しかし、両親と妹さんの一人は、二度と帰らぬ人となった。

彼女はそんな体験を、これまで決して語ることも書くこともせずにきたという。「とてもつらくって…」という一語は、聞く私にも切実に伝わってきたが、語りの扉を最初に開いたのは私なのだと思う時、聞いた側の責任が重く生じるような気がするのだった。

泣いている赤子の口の中の火の粉だなんて、まったく想像もつかない。火の粉の激流だったのだ。橋本さんに続く何人かの体験者の語りも、一人として冷静だった人はいない。

聞いた者の責任をはたすべく、『東京大空襲』（岩波新書）の執筆は、夜も昼も休みがなかった。事実、編集部から与えられた執筆期間は、一カ月と決められていた。書き出してみると、一気呵成《かせい》に最後までいってしまい、採用と決まってすぐにゲラが出て、予定通り三月十日前に書店に並んだ。

あまりにスピーディな進行で、見本を手にした時、私は自分の書いた本のような気がしなか

3年がかりで全5巻にまとまった『東京大空襲・戦災誌』

ったものだ。並行して、新宿の記録する会事務局には、連日、おびただしい量の被災体験記が寄せられてきていた。私の書いた新書も、少しは役立ったのかもしれない。

70 声なき声

現在のようにパソコンがあるわけではないから、すべて手書きの原稿だった。原稿用紙の一字もあけずのもあれば、涙の跡が点々とにじんだ原稿もあった。

編集部では、それらの原稿を三月十日分と、それ以外に分け、さらに地域別に分類していったが、原稿整理の基本方針は、都民自身の戦災誌とあって、原則的に全部を採用（長文は一部カット）。明らかな誤記は訂正するものの、原文に忠実でいくとした。

かなり大たんな方針だったが、私は若い人の意見に全面的に賛成だった。

しかし、ある時点で投稿原稿をチェックしてみると、その大半が三月十日の記録だった。空前の死者数だから仕方ないが、これでは東京空襲を総合した資料集とはいえない。

そこで、「山の手大空襲の体験記をお寄せ下さい」のビラを作り、スタッフは新宿、渋谷、池袋の街頭で配布した。

こんな時、私のビラまきの経験が役立つとは思わなかったが、結果は上々だった。新聞各紙が、写真入りで報じてくれたからである。

おかげで、四月、五月と続いた大規模空襲の体験記も集まり、東京空襲の全貌が、バランスよく俯瞰《ふかん》できるようになった。

書き手の主力は四十代の女性で、あの日あの時まだ十代だった娘たちが、「声なき声」を語り継ぐ告発者になったのだった。たとえば、三人の幼な児と両親を火中で失った森川寿美子さんは、原稿用紙の最後に、こう書きとめている。

「戦争はしてはならないもの。今後絶対に戦争が起きないよう、あらゆる努力をするのが生きてある者の使命です。あと何年かたって、日本中が戦争を知らない世代ばかりになったとき、あの子たちの死んだことが、誰の心にも残らなかったとしたら、母として、子どもにすまない気がして書きました」

森川さんの悲痛な思いの背景には、激化するベトナム戦争があったことは、疑いない。

忘れられぬ人

私の家族。カミさんと二男、一女

71　ダーちゃん

ベトナム戦争中に、戦争孤児で生きる十三歳のベトナム少女を取材したのは、まったくの偶然である。

一九七一年五月、私はハンガリーの首都ブダペストでの世界平和評議会国際集会に参加した。分科会で東京空襲の惨禍を訴えられるとあって、紙芝居ほどの大きさの写真パネルを用意して、出かけたのだ。

ところが、言葉の問題もあって、期待した成果を挙げられず、四日間もの期間中、会場の片隅にほとんど座っているだけだった。

ホテルの食堂で、アオザイ姿の女性に付き添われた少女と、何度か目を合わす機会があった。そのうち少女のほおに笑くぼが見えたところから、交流が始まった。南ベトナム解放青年同盟の小グループで、ヨーロッパ諸国に、ある一つのことを訴えていたのである。

その主役が、十三歳のチャン・ティ・ダーなる少女だった。なぜか大集会での出番を失い、明日にも別な国へ旅立つという。

ホテルの一室で語ったダーちゃんの話は、まさにベトナム戦争の恐怖そのものだった。

一九六九年四月十八日、彼女のいる村を襲ったアメリカ兵たちは、村落に火を放ち、少女の

ダーちゃん（前列中央）と私（右）

母と村人六十人を、自動小銃で皆殺しにしたという。

血の海から、かろうじて生き残ったのは、当時十一歳のダーちゃん姉妹を含めて、たったの四人。彼女は二歳の妹を救い、背中にしょって北へ北へと逃げる。途中で解放軍に助けられ、三カ月もかかってハノイへたどり着いた。

「その妹さんは、どうしているの？」

と、私は尋ねたが、少女は黙って、首を横に振るだけ。膝の上におかれた両手の指が、かすかに震えている。付き添いの女性が、声を小さくして、

「生き別れになったままなのです」

という。

しかし、少女は語り、私はさらに聞いた。ハン・ティン村虐殺事件のナマの証言を。

72　わたしの村

またしても、聞いた者の責任が、重く問われるような内容だった。しかも、国際的な大集会なのに、ダーちゃんの深刻な話を耳にした者は、通訳の高草木博氏のほかは、私だけなのだ。私が聞き流してしまえば、誰も知らないままの話になる。それでよいのか。

「よくはない！」

と、つぶやきながら、私はその後のベトナムの動きが気になってならず、毎日のテレビや新聞のニュースを、追い続けた。ブダペストから祖国に戻ったダーちゃんらを待ち受けていたのは、米軍機による、すさまじい北爆の嵐だった。

はたして、よくない知らせがやってきた。今度は至近弾だった。彼女は防空壕《ごう》内で重傷を負った、という。

「わたしは、いま農村の病院に入院しています。米軍機による爆弾が、地下壕にいたわたしを、おしつぶしました。わたしは、これまでに二回も、米軍の機銃弾や爆弾で殺されそうになりました。

昼も夜も、米軍機はひっきりなしに頭上を飛んでいます。近くや遠くで、ドカドカと爆弾の落ちる音がきこえるの。大勢の友だちが、学習ノートを手にしたまま、息を引きとりました。

アメリカは、アメリカに帰らなければなりません。わたしは自分の生まれた村で暮らし、生活したいのです。そうなったら、おじさんを、わたしの村にお招きしたい。わたしの村は、きっと気にいってもらえるでしょう…」

その日は、いつくるのか。

手紙を読み終えた私は、ひそかに決意するものがあった。彼女の身の上話を、絵本にして、多くの人に知らせよう、と。あの日の取材ノートを元にした絵本『ベトナムのダーちゃん』（童心社）は、遠藤てるよさんのやさしい絵入りで刊行されたが、その反響たるや驚くばかりだった。続いて『がんばれダーちゃん』『ダーちゃんは、いま』と続くことになる。

絵本『ベトナムのダーちゃん』の表紙

73 再会

私が北ベトナムに招かれたのは、まだ抗戦中の一九七五年二月で、「テト（旧正月）をご一緒に」という招待電報によってだった。四年がかりでの、『東京大空襲・戦災誌』（全五巻）が無事に完結し、ほっと一息の私は、喜んで応じた。

招待でも旅費は自分持ちで、ハノイまで三日間を要した。郊外の町を視察中、孤児学校の先生に付き添われたダーちゃんが、突然、会議室に飛びこんできたのには驚き、感激した。

ブダペストから四年で、彼女は十七歳、北爆では危うく一命を取りとめたが、けがも治って、小麦色のほおに白い歯なみが、さわやかだった。山奥の孤児学校での勉強ぶりを聞くと、かなりハードなスケジュールだ。その目的はといえば、

「あたし、学校の先生になりたいんです。南のふるさとに帰って、親のいない子たちに、さあ勇気を出して、と教えたいの」

「それはいいことだよ、人間なんでもその気になって努力すれば、きっと道は開けてくるんだから」

「でも、こちらで先生になるのは、とても大変なの。大丈夫かな…。もっともっとやらなくちゃだめだと思うの」

「ぼくだって、やっぱり戦争でね、勉強どころじゃなかったんだよ。戦後に働きながら学んできたんだ。学ぶことは、ほんとうは楽しいんだよ」

「ほんとうはね、うん…。南ではまだ戦争中です。大勢の友だちが、学校へも行けず、その分

北ベトナムに招かれ、17歳のダーちゃんと再会

まで、しっかりしなくちゃいけないんだと思うの。もしかして先生になれなかったら、みんなのためになる仕事をするわ。死んだママのことを思えば、できないはずはないのよね」

ほんのひとときの再会だったが、私の胸に、こみ上げてくるものがあった。

74 カンパ

「さようなら、ダーちゃん、また会える日まで」

別れと気づいた彼女は、うつむいていたが、先生からうながされて、やっと顔を上げた。そのほおは涙で光っていた。

「平和はまもなくやってくるよ。今度会う時は、南ベトナムのあなたの故郷でね」

ダーちゃんと別れて、まもなくどころか、たった二カ月ばかりで、歴史的な日がやってきた。サイゴンの大統領官邸に解放軍の戦車が突入、ベトナム戦争は、アメリカの完全敗北で、終止符を打ったのだった。

ベトナムが勝てるはずがないとされた戦争だったが、歴史はジグザグに曲がりくねりながらも、平和で自由な明日へと、時を刻んでいくのだと思わせる。

平和を取り戻したベトナムには、何度も行く機会があって、ダーちゃん一家とも再再会出来たが、南の故郷へ帰った彼女は妹さんを探し出して、姉妹で同じ病院の医療従事者になっていた。

しかし、その生活の貧しさたるや、一日に三食もままならず、彼女の働く病院はがらんどうで、薬瓶はからっぽ。医療機器と医薬品の不足は決定的で、平和は甦《よみがえ》ったものの、戦争の後遺症のすさまじさに、私は息を呑み、たじたじとなった。

ダーちゃんは、三人の女の子の母親になっていて、夫君は戦争で傷ついた失業者だった。日本では、もうベトナム支援運動は過去形になっていたが、ほんとうは今こそ必要なのだと、痛感させられた。

それからの私は、家族と知人とで、持ちきれないほどの荷物をベトナムへ運んだ。おそらく万国共通かと思われる血圧計や体温計、聴診器など、ベトナム支援に関心のある病院から提供されたものに、カンパのお金と。〝焼け石に水〟だろうけれど、〝雀《すずめ》の涙〟ほどの気持ちを届けられたらと、思ったのだった。交流は今も続いている。

75　今井正監督

「あなたの大好きな映画は?」

と、問われるなら、ためらうことなしに、

「今井正監督の、『また逢《あ》う日まで』」

と、答えよう。

私は、その今井監督に、仕事上のことで、何回も会ったことがある。

戦後、最初に観《み》た今井作品は「青い山脈」だったが、戦争が終わって四年、まだ焼け跡を吹く風はきびしかったが、紺のスカートをなびかせていく女学生の姿は超魅力的で、民主主義の時代がきたことを、印象づけたものである。

主役の杉葉子さんに続いて、次の「また逢う日まで」のヒロイン、久我美子さんの大ファンになった。ノーブルな感じに知的なまなざしの美少女で、一目でも会いたいと思ったが、そういう私はにきびの気になる十七歳。週刊「民主青年新聞」通信員の名刺を持っていた。芸能欄の担当だった。

押しかけていった東宝撮影所では、前記作品の撮影中だったが、休憩時に煙草《たばこ》の煙をくゆらせている今井監督が、目についた。久我さんの前に、連載コラム「私のはたちの頃」の、インタビューとなった。

「ええと、旧制水戸高校の左翼学生でしたよ。学校にはあまり行かずに、いつも発禁の本ばかり読んでましたな。おかげで留置所泊まりが数回。オヤジがあわててすっとんできて、おふくろは、髪が真っ白に。一人前にしたのは親不孝だけでね。レンアイ？　結婚したのは、彼女が十八、私が二十二で、まあ、そのう、恋を恋するというアレですよ、アレね」

大変なはにかみ屋で、カンベンしてくださいよと、身を引いて顔を赤らめた。

しかし、撮影中の監督には、多くの仕事がある。誠実に答えてくれた人柄が、私の心にぬくもりを残した。そのせいか、封切られた「また逢う日まで」には、惜しみない涙を流した。久我さんにラブレターまがいの一文を出したが、とっくに捨てられているのを、祈るばかりだ。

76　脚本に挑戦

その後の今井作品は、ほとんど観《み》てきたが、感激の連続だった。

それもそのはず、ベストワン作品が五本もある。私の青春と人生に、どれだけ豊かな糧《かて》にな

1966年3月、連続ドラマ「下町の青春」で左から今井監督、私、画家の久米宏一さん、プロデューサーの本田延三郎さんと（放映は NET テレビ＝現・テレビ朝日）

ったことだろう。

その今井監督と仕事上の再々会となったのは、一九六六年のテレビの連ドラ「下町の青春」で、依頼した脚本がうまくいかずに、最後は原作者の徹夜作業となったのだった。

この時、私は「今井先生」と呼んで、叱られてしまった。駆け出しの私を一人前に扱ってくれたのだろうが、その後はさん付けで呼ぶより仕方なくなった。

一九九〇年、府中のお宅でお目にかかった今井さんは、七十代も後半で、病み上がりの長身はやせて少し猫背になっていた。私は『日本の空襲』（全十巻・三省堂）をまとめた勢いで、監督に「戦争と青春」のミニ物語を送っていたのである。

東京大空襲をテーマとする劇映画だった。現代っ子の女子高校生の目から、過去の戦禍に迫っていくストーリイで、螢子《けいこ》という赤子の行方不明が謎解きにしてある。

これも一案かなと思ったのだ。監督はそのコピーを手にして、

「ええ、まあ、この話はちょっとは見どころがある。ちょっとだがね」

「え、ほんとですか」

「でもね、映画の基本は脚本でね。シナリオになってみないとわからん。他人に頼むと金と時間がかかるし、たいていは思うようにいかないものでね。あなた、一つやってみたらどうかなあ」

おだてが半分以上と知りつつも、私はたちまち舞い上がって、東京大空襲の劇映画がすぐにでも出来そうな気がしてきた。

それからは、いばらの道となる。シナリオ検討会は一年余にわたり、私はスタッフの批判攻めで、切られ与三郎のようになった。やっとのこと、「これでOK」となったが、次は資金ぐりで悩むこととなる。

77 遺作

赤提灯《ちょうちん》の安酒で、残念会になりかねなかったが、特別なスポンサーがないのなら、それを一般に頼る出資方式でという案が出た。市民参加による製作である。

隅田川岸のロケで。左から私、主演の工藤夕貴さん、カミさん、今井監督

しかし、それでも、最初にまとまった資金が要る。その分はわが家でと、あっさりいってのけたのは、うちのカミさんで、私のほうがぎょっとなった。

「私たち、元はゼロから始めたのよね。ゼロになって元々じゃない。ケチケチ切りつめてきたんだから、たまには意味のあるぜいたくも悪くはないわ。今井（正監督）さんなら最高よ」

カミさんの決断がなかったとしたら、はたしてどうなっていたことだろう。

折しも、アメリカ主体の湾岸戦争が、逡巡《しゆんじゆん》する出資者を後押しした。

狭心症に腹部動脈瘤《どうみやくりゆう》を患っていた今井さんは、左眼《ひだりめ》は見えず右耳もきこえず、満身創痍《まんしんそうい》の身で、過酷な撮影の陣頭に立った。大空襲シーンの御殿場ロケも、天候不順で悪戦苦闘しつつも、なんとか乗りきった。文字通りゼロから出発し、凸凹道を踏み越えて完成試写を迎えたのが、七月中旬だった。全国の松竹系映画館での封切《ふうきり》は、一九九一年秋のことである。

どうにか一件落着の後に、大変なアクシデントが待ちかまえていた。

第二次試写のあいさつに行く途中で、今井さんは倒れて急逝、突然に七十九歳の人生を閉じたのだった。

映画は好評で、主演の工藤夕貴さんはじめ、原作・脚本の私にまでトロフィーがきたが、客足は十分ではなく、それが赤字となり、わが家からの出資分はきれいに消えていた。

しかし、戦後の日本映画の巨匠今井正監督の遺作を世に送り出したことで、少しは誇らしい気もする。これを負け惜しみというのだろうか。

今井さんは、人間的にも魅力のある方で、忘れられぬ人である。

78 コスタリカ

忘れてならない人が、まだほかにもいる。

ガラス絵作家の児玉房子さんである。

といっても、ガラス絵そのものがよく知られてなくて、彼女の名も同様ではないかと思う。

私は、彼女の個展から交友が始まったのだが、女流画家のイメージとは裏腹の庶民的で親しみやすく、なつかしいような人だ。その児玉さんから、「軍隊のない国」コスタリカのことを聞いたのは、二十年ほども昔のことである。

彼女とコスタリカとの接触は、意中の人らしき男性が、自転車旅行中にコスタリカで倒れ、その介護におもむいたのだという。病院のベッドに付き添ううち、隣の病人の子どもらと親しくなる。

「ぼくたちの国はね、センソーはしないんだ。兵隊サンがいないんだから」

児玉房子
ガラス絵
平和で自然にやさしい社会を！
御健康をお祈りしています！

児玉房子さんからのはがき

と、子どもが自慢げに語るので、気づいたということだ。

ふーん、なるほどというわけで、当時私は手元の『最新世界現勢96』で調べてみた。

コスタリカが軍隊を廃止したのは、新憲法制定時の一九四九年のことで、日本国憲法より二年ほど後のことだ。前記資料によれば、

人口＝三百七万人、一人当たりのGNP（国民総生産）＝二千三百八十ドル、平均寿命＝男七十二歳、女七十八歳、識字率＝93％などと出ている。これに

対し内戦続きの隣国ニカラグアは、国民一人当たりのＧＮＰが三百三十ドル、平均寿命は男六十一歳、女六十六歳で、コスタリカより男女共に十年余も低下する。

大変な格差だ。内戦ともなれば、軍事費は膨らむ一方だろう。大砲が太ればバターは減るのだ。日本も例外ではない。当時の資料をちらと見ただけで、ニカラグアからの難民がコスタリカに押しよせてくる理由がわかろうというものだが、軍事費を教育費に回したコスタリカも、財政赤字を抱えて、決してラクではなさそうだった。

79　軍をすてた国

体重の軽すぎる私は、腰の重いのとは逆で、すぐコスタリカ探訪となった。

一九九九年暮れのことで、いつものように書記役がカミさんで、次男と、通訳代わりに娘も一緒だったが、それが後にドキュメンタリー映画「軍隊をすてた国」に、実を結ぶことになる。

東京からの直行便はなく、アメリカとメキシコ経由でたどりついた首都サンホセは、標高千メートル余の高原都市だった。

軍隊のない国で、ないものを取材することはできない。そこでの人びとは何を考え、どんな生活をしているのか。

狙いは「人」と決めた。各界各層の人に会う予定を組んだのだが、中米和平をまとめてノーベル平和賞のアリアス元大統領宅訪問が入ったのは、よかった。

まずは、コーヒー農園で会った一青年との対話から書くとしよう。話題が軍事力に及んだ時だった。

「コスタリカには軍隊がないので、徴兵制もないから、安心して働けるんですよ。コーヒーもいい味だと思います」と彼。

「軍隊なしで、不安はないの？」

「ありません」

「え？　ほんとにですか」

「だって、ないものは出せません。こちらから、どこかの国を攻撃することは絶対にあり得ないんだから、やられる心配もない」

「日本では、備えあれば憂いなし、というけれどね」

「そりゃ逆じゃないですか。備えがあれば相手方もムキになり、共に憂いが生じてエスカレートするんですよ」

「つまり、武力が仮想敵国を作る、と」

「ええ、他国になんの脅威も与えないバナナとカカオくらいの小国に、殴りこみにくる国はないし、そんなこと国際社会が認めませんからね」

私はいやはやと苦笑したが、小気味のいい掬《すく》い投げをくらった感じだった。

80 アリアスさん

戦争はＮＯという人がほとんどだが、戦争の手段たる軍事力には、「まあまあ」という人が少なくない。

しかし、戦争につながる軍事力と、人間性とは両立しない。戦争の行く先は、人間性の完全否定だからだ。したがって、人間らしく生きようと思うなら、軍事力にもきびしい目を向けるべきではないのか。

コーヒー農園での彼の言い分では、現在の暮らしに軍隊は不必要のみならず、あれば平和を脅かす存在になる、ということだろう。それよりも生活の充実に目を向けて、途上国から脱出したいという願いが、かいま見えた。

「武器は使われなくても、持つだけで人間が人間でなくなっていくのです。軍事費の増強は最悪の選択ですよ」

私邸でお会いした元大統領アリアス氏の言葉が思い出される。氏は続けて、いま第三世界

アリアス元大統領（右から2人目）と私の家族（山本耕二さん撮影）

（発展途上国）の紛争国には大勢の兵士がいるが、ほとんどが十三、四歳の子どもで、学校にも行けず、銃を撃つことだけを訓練している。「かれらにきちんとした教育を保障して市民に戻し、仕事につける社会復帰のプログラムが、国際的に必要です」。そのためにアリアス財団は兵士でなくなった子どもたちへの再教育に努力しているが、「容易ではない」と語ったのが、忘れられない。

それから歳月は風のように通り過ぎて、この夏（二〇一七年）、国連の場で、「核兵器禁止条約」が、百二十二カ国で採択されたのは、久しぶりの快挙だった。

しかも、そのまとめ役の議長は、コスタリカのエレン・ホワイト大使で、核保有大国アメリカの妨害をはね返して、世界は核兵器を禁止し廃絶に至る方向へと、第一歩を踏み出したのだ。テレビニュースで見たが、採択された瞬間の彼女の笑顔は、最高だった。

しかし、被爆国日本は不参加で、背を向けたままとは、どうしたことか。私は「日本政府は右条約に速やかに署名を」と、訴えたい。

81　T氏のこと

娘から電話がかかってきた。

中米コスタリカ在住のT氏のアドレスと、電話番号を知りたいという。知人が現地に行くので、紹介したいとのことだった。

そこで、T氏からきたエアメールを探したら、やっと見つかった。ついでに、改めて読みかえしてみた。

長野県下の講演会で、T氏に声をかけられたのは、かなり前のことである。定年退職した氏は私と同年で、私のコスタリカ報告が気にいったのか、奥さんとスペイン語のできる娘さんとで、首都サンホセ郊外に移住した。

移住の理由は、まず軍隊がなくて、外国の基地もないこと。一年中が温暖で野菜・果物が豊富なこと。自然保護の先進国などだそうだが、何より常備軍廃止の憲法に魅力を感じたという。

入手した家は、当時のレートで約七百万円で、土地百坪に建坪五十坪。閑静な住宅地で、毎朝一時間の散歩を日課に、庭で花を育てたり野菜を作ったり、中心地まではバスで半時間足らずだが、料金は二十円ちょっと。老人に見られるせいか、若者がすぐに席を譲ってくれるという。

年に一度は帰国するが、日本は「空気が悪いのや、物価の高いこと、無責任な政治家たち、残忍な少年犯罪、戦中の暗い時代に引き戻さんとする勢力」に、厭気がさして、早く「心の安まる」コスタリカに戻りたくなる、と書いている。

わが家の娘は、映画「軍隊をすてた国」製作で、T氏宅にお世話になったせいか、サンホセでぜひ上映会をと、結ばれている。かなり昔の手紙だが、T氏の無事を期待したいと思う。

82　ほろ酔い気分

その夜、夢を見た。

夕食時の焼酎の飲み過ぎで、私はほろ酔い気分になり、カミさんと向い合っている。(他界したはずの彼女は、珍しくワインなどを口にして、ご機嫌だった)。

「百坪の土地で家付き七百万円。バス代が日本の十分の一だなんて、コスタリカはいいねえ。われわれにも手の届く値段だな」と私。

「Tさんは、もうこれ以上日本にいても、見込みはありませんよ、とでも言いたいのかしら」

「うむ、ひどい世の中になったもんだ。悪法が次つぎまかり通って、軍事費増強に福祉切り捨てだ。政府は憲法九条改悪まで狙っている。酒がまずくなる一方だよな」

「でも、あなたは畑はいじれないし、外国語はさっぱりで、移住してみても、仕事がないわよね」

「なに、鉛筆一本あればＯＫだ。美空ひばりの歌にもある。ほら、松山善三さんの作詩で一本の鉛筆があれば、戦争はいやだと私は書く、とね」

「一枚のざら紙があれば、戦争はいやだと私は書く。軍隊のない国でも、ぴんとくるのかしら」

「さてな、だ。コスタリカでは、戦争や平和はテーマにならないかもしれないな。だって国民が巻きこまれた戦争は、百五十年余も昔のことで、生存者は一人もいない」

「ほら、ごらんなさい。語り継ぐ戦争体験なしの国で、平穏無事な国民なのよ。そうすると、せいぜい庭いじりくらいなもので、あなたなんかすぐ認知症になるわね。サンホセの町を徘徊されたら困るわ」

「はっはは……、そりゃひどいよ」

「図星じゃないのかな」

「要するに、さまざまな不条理にカッカとしてないと、老化するぞってことか」

「そうよ。今は私たちの出番で、生きがいのある時代なのよ。そうとでも思わなくちゃ……」

うーん、そうかもしれないが、ラクじゃないねとコップ酒に手をのばしかけたところで、目がさめた。

83　ハロラン氏の募金

私どもの戦災資料センターは、もちろん外国人も歓迎だが、アメリカからの珍客のことが忘れられない。

R・ハップ・ハロラン氏は、B29の元搭乗員捕虜で、あるテレビ局の招きで来日したのだが、みごとな長身で、大手を広げて登場した。

氏は、B29の航法士だった。一九四五年一月二十七日、東京爆撃時に被弾、墜落する機からパラシュートで降下した。着地するや、殺到してきた群衆に袋叩きにされ、軍のトラックで皇居近くの憲兵隊司令部へ。独房に収容されて尋問中に、三月十日の大空襲となる。すさまじい熱風に留置所の屋根が炎上するも、なんとか焼死をまぬがれた。

三月末、またトラックに乗せられた。目隠しのまま着いた上野動物園（？）の檻で、裸で見せしめにされたあと、大森捕虜収容所へ移される。一般の捕虜より劣悪な条件下を生きぬいて、日本の敗戦後、病院船で帰国。戦後は精神的なストレスで一年も入院したという。

私たちにとって、B29の乗員だった氏は加害者だが、三月十日の〝炎の夜〟を同じ都内で生きのびたことでは、大空襲の被害者でもある。しかも、動物園の檻でさらしものにされたとは、なんという人権侵害の虐待か。

こういう人の記録も大事かと思い、センターの開館式に挨拶をしてもらったが、旅費その他は自分持ちで、懇親会にも参加された。

その後、氏はセンターが民立民営だと知ってか、わが家に小切手を送ってくれるようになった。いつも二百ドルで、換金の手続きが複雑なのと手数料が五千円もかかるのに閉口したが、増築募金中にも小切手がきて、B29の捕虜までが……なる見出しで新聞に報じられた。その記事を読んだ方から、百万円が寄せられたりして、驚くやら感激するやら、大助かりだった。

84　痛苦への想像力

そのうち、また本人がやってきた。センターは増築を終えたところで、私は新装なった展示室などを案内した。氏は熱心に見てくれて、特に三月十日の惨状のパネルでは、「哀悼したい」と、神妙な表情でいった。

東京大空襲・戦災資料センターを訪ねてきたハロランさんと

ところが、二階の会議室で、内部資料映像「東京が燃えた日」を見終えたとたん、表情が一変した。改まった口調でいわく。

「この映像には批判がある。子どもたちに反米感情を与える。もっと客観的でなければいかん」

私はたじろいだ。同じ〝炎の夜〟を生きのびた人なら、わかってもらえると思ったのだが、うーん、甘かったか。

「B29の乗員としての立場はわかります。でも、無差別爆撃を受けた側の立場があります。戦争を始めた責任は日本にあるにしても、一夜にして十万人もの民間人が死んだのですよ。それは客観的な事実なんですから」

ハロラン氏は沈黙したが、通訳を入れた会話はとんとん拍子にはいかず、なんとももどかしい。

「女性や子どもの死は痛ましいが、空襲下の人がどうなるかは考えられなかった。命令に従ったまでで、私の仲間《クルー》の六人も亡くなったのですよ。残念で悲しく、その家族のことを思えば、謝罪はできない……」

　上空からボタン一つで投弾できる兵員たちには、爆撃下の人びとは見えず、悲鳴やら絶叫や呻きも聞こえない。やられた側の痛みは、やった方には容易に通じないのだ。

　それでもハロラン氏は、後から二百ドルの小切手を送ってくれて、

「多少のわだかまりはないではないが、戦争をくり返さぬための努力は、大事なことだから……」

　と、電話取材をした某記者に、語ったという。加害被害をこえて、平和と友好の証しと思いたい。被害者の痛苦への想像力に不足はないかどうか。日本軍国主義による侵略や植民地支配にも、いえることで、ハロラン氏のひとことは、いつまでも心に残る。

85　熊さんのこと

　数回会っただけなのに、その後もずっと気になる人がいるものである。通称「熊《ユウ》さん」は元気でいるだろうか。

　高熊飛《コウユウヒ》さんは、私と会った時点で、中国の浙江《せっこう》省教育学院の数学助教授だった。四歳時に、日本軍機の爆弾で母親もろとも、右腕の付け根からを失った。

出会いの発端は、東京での集会で、「日本軍の無差別爆撃による被害者の証言を聞く会」だったが、何人かの日本人の弁護士さんが手弁当で、中国人戦争被害者への日本政府の謝罪と賠償を求める訴訟中なのに、頭が下がった。

都市無差別爆撃の歴史は、日中戦争の初期に、日本軍が中国で先鞭をつけたのだ。それがより凶暴なブーメランのようにやってきたのが、Ｂ29による東京大空襲であり、広島・長崎への原爆投下だった。

暖房のない自宅での高さん（山本耕二さん撮影）

一九四三年一一月四日、日の丸マークの十六機編隊が、永安市街地に二千発余の爆弾を集中投下、高さん母子は障害者となったが、爆撃による火災は三日三晩も続き、引き取り手のない遺体が五百体以上と、中国紙が報じている。

それから、高さん一家には人並な生活はなかった。当時の中国は、食うに事欠く生活が一般的だったが、ひどい貧しさに加えて、さまざまないじめと屈辱と。母は看護婦の職を追われたあげく、自殺を試みて助けられた。片手では職もなく、哀れな子どもを抱えて、四苦八苦したのである。

大空襲の火中を、ようやく生きのびた私には、決して他人事とは思えなかった。しかも、こちらは高少年の右腕を奪った加害国民ではないか。

一九九八年の暮、私は高さんのお宅のある杭州に向けて、上海から特急列車の客となった。所要時間は二時間ばかりである。

86 受けつがれる歴史

市内はずれのお宅は、東京の都営団地並みだが、玄関を入った先が狭いキッチンで、その左側に小部屋が二つだけ。これが助教授の住居なのかと驚く。笑顔の夫人が出て、

「さあ、さあ、どうぞ奥へ」

奥といっても、鼻先がベランダで、資料類が雑然と積まれたデスクと、壁ぎわに大型のテレビ。この時季の暖房はない。

テレビは香港《ホンコン》へ嫁いだ娘さんが買ってくれたそうで、六千元。高さんの月収は千元と少し。

保育士の夫人は五百元。共働きの月収は二万円ちょっとで、テレビはその四倍もするとか。

「お子さんは、一人だけ？」

「ええ、そういう決まりなの」

夫人が、横から口を添えて、

「この人は、きっといい教育者になれる人なんです。そう思って自我を通したのは、若さだったのかもしれません」

と、夫人は積極的に切り出した。「この人が左手だけでできることといったら、限度がありますものね。それに、あと半年で定年です。そして私は病弱です。こちらでは介護者がいなければ入院もできないから、これから先どうしたらいいのか。娘は遠くにいて、年に一度しか行き来はできないし……」

彼女は涙声になり、通訳の女性にすがって泣き出した。夫のいる前である。夫にも聞いてほしかったのか。

私は、目のやり場に困った。そもそもの原因は日本軍の爆撃でもたらされたものと思えば、なおさらいたたまれぬ思いである。高さんはと見れば、身じろぎもせずに涙ぐんでいる。妻の労苦を十分に察していればこそ、その分も含めて、日本政府を訴えたのかもしれないと思う。

高さんの職場は、自宅から自転車で三十分ほどで、いつも片手運転だが、悪天候の日など危険この上もない。雨の日は徒歩で一時間以上、すべって転んでも、支える右手はなし。

「ですから、無事に帰宅して顔を見るまでは、心配で心配で、少し心配性だっていわれるの」

「春がくると、先生は定年ですね。その先はどうされますか」

「いずれは、娘のいる香港へ移住したいのです。娘がいてくれれば、何かと心強いから。ただ、香港行きはなかなか大変で、夫婦が六五歳以上になって、どちらかが死んだ場合だけに限られる」と高さん。

「え？　そうなんですか……」

なんと涙ぐましいことか、と心が痛む。高齢者問題は中国でも深刻で、一人っ子政策のツケがついて回るのだろう。

「でもね、私どもが死んでも、日本政府相手の裁判は、娘が受けつぐ。裁判を通じて、日本の皆さんやこちらでも、過去の歴史をきちんと知ってほしいのですよ」

夫人が、横で深くうなずいた。

彼女の両手は、高さんの左手と、しっかり結ばれていた。

この日この時

駅近くの喫茶店を応接間代わりにして

87　新宿の街頭で

「戦争やめよを訴えませんか。明日夕方、新宿駅西口で。リレートークですが」

アメリカ主導によるイラク戦争が勃発したのは二〇〇三年三月二十日だったが、その日のうちに、信頼できる人からの電話だった。

私は即決した。これまで生きてきた人生のすべてが、この瞬間に問われているような気がしたからである。街頭のアピールとは、気が重いが、今やれることをやらなければ……。

翌日夕刻、新宿駅西口の、小田急デパートを前にした路上には、二台の宣伝カーが横付けにされていて、マイクを手にした男が声を張り上げている。

その横に幟《のぼり》が風にはためき、「イラク攻撃反対、国連憲章まもれ」で、二台をつないだ横断幕には「ＳＴＯＰ戦争、守ろう平和、トークイン新宿21」の大文字が鮮やかだった。

しかし、集まっている人びとはまばらだった。ごく内輪のスタッフだけだ。少し気抜けした。車の上に立ってみると、まるで小田急デパートに向けて、訴える感じ。一日の仕事を終えた人びとは駅に吸いこまれ、また出てくるのだが、その流れは早く、みな無関心で通過していく。マイクを手にした私は、まず自分がどこの何者で、なぜこんなところにいるのかから切り出した。知名度のあるタレントや作家なら省略だが、私ごときはそういかない。

「東京大空襲生きのびた一人として、私はどんな理由があっても、武力行使には絶対反対です。昨日始まったイラク攻撃ほど、無法で不法なものはない。アメリカ大統領は攻撃の理由に、大量破壊兵器保有を挙げていますが、それは国連が現に査察中なのです。しかも、世界でもっとも多くの核兵器を持っているのは誰？　当のアメリカじゃありませんか」

2003年3月21日、戦争やめよと
新宿で車上から訴える私

88　戦争やめよ、と

「サダム・フセインが独裁者だからといって、力づくで排除する権利はない。わかりきったことですが、イラクの主権者はイラク国民なのですよ。そのイラクの自由を、というけれど、他人の家に土足で踏みこんで、罪なき人を殺したり傷つけたりするのを、誰が認められますか。アメリカ支援の日本政府もどうかしています。一秒でも早く戦争をやめれば、それだけ子どもや女性の命が救われるのです」

と続けたのだが、寒風の中にたたずむ人はぱらぱらで、わが声は絶壁のようなデパートにはね返って、別人のように響くだけだった。

いささかの無力感に襲われたが、あきらめてはならないと思った。

ごく少数でも、聞いている人がいるのだから。戦争反対の声は、直接間接に反復することで、漢方薬のように、じわじわと効いてくるのではないか。

これがもし六十年前の戦時中だったら、と終了後に居酒屋で知人たちと話し合った。

新宿で反戦を訴えるなど、狂気のさたでしかなく、無事に家までたどりつけるとは思えない。「この不忠者」「この非国民め」と、群衆から袋だたきにされたうえ、特高警察に引き渡されるのが必至だろう。戦時中に、そんな人はいなかった。少年の私は見たことも、聞いたこともない。それらの人は、とっくの昔に獄につながれていたのだ。今ならまだ言える。言えるうちに、一声を惜しんではならないの結論となって、再度乾杯をした。

あれから、十五年余が去っていった。アメリカの先制攻撃で始まったイラク戦争では、大量破壊兵器はついに見つからず、フセイン政権は倒れたが、新たな混乱の始まりだった。十万人以上のイラク人と、四千人余のアメリカ兵の命が、犠牲になったとされる。八十代入りした私は、急に忘れっぽくなったけれど、忘れてはならないことまで忘れるわけにはいかない。

89　フクシマにて

毎朝、大型のポストに配達される日刊紙は四紙。見出しを主に、めくるだけだ。

社会人として、社会への目配りを忘れることなく、と思うからだが、これはと思う記事は切り抜き、さらに要旨をノートに写すこともある。すると、めったに忘れない。

その一つに、「お墓にひなんします」の見出しの記事がある。東日本大震災の災害が今も続行中の福島県南相馬市で、九十三歳で自死したある女性の遺書である。

「毎日、原発のことばかりで、生きたここちもしません。またひなんするようになったら、老人はあしでまといになるから、こうするよりしかたありません。さようなら、ごめんなさい」

毎日新聞二〇一一年七月九日付けで、断片的な文章を読みやすくした。女性が庭先で首を吊ったのは、同年六月二十二日のことである。彼女は放射能飛散の緊急避難先で、体調を崩して入院、やっと自宅に戻ってきたばかりだったと、記事に出ている。

私は、女性が最後まで住んでいた南相馬市には、四回ほど出向いている。

二回までは、ラジオ福島からの出演依頼のためで、福島大学元学長の吉原泰助先生とご一緒に、放送局の車でJR小高駅と、第一原発から数キロ地点の浪江町を目指した。

かつての農地や住宅地は、「除染作業中」の赤い幟《のぼり》が風になびき、汚染土を詰めた黒いフレコンバッグが、山積みにされている。ハシゴをかけての山もあったから、三、四層以上か。どんどん積み上げていったら、下部がつぶれてしまうのにと不安になる。

海岸線に近いところでは、大地震と津波とで、空洞になったままの廃屋が点在している。周

「父母妹永眠」の塔婆

囲には土台石だけで、「父母妹永眠」と手書きの塔婆が立ち、花束とペットボトルが添えられている。遠くの彼方まで続く荒涼とした大地に、人影はない。

東京大空襲後の惨状と重なるが、決定的に異なるのは、戦中の私たちはすぐに焼けトタンを拾い集めてきて、雨露をしのぐ場を確保したことだ。国破れても山河ありだったが、こちらでは故郷と日常を失った人が多いのに、慄然とした。

90　あってはならないもの

小高区の街並に入る。倒壊した木造家屋は瓦屋根が路上をふさぎ、流されてきた車の上には、さらに車が重なっていたりで、惨たるその道路もめくれ上がって、ものだ。

水が出ないので居住者はいない。子どもたちの姿は皆無で、不気味なほど静かだった。

自死した九十三歳の女性は、「老人はあしでまといになるから」と書き残したが、私はその一行が妙に頭にリフレインしてならなかった。どこかで読んだことがある。

そうだ。戦後すぐの「満蒙開拓団」の逃避行だ。開拓団を守るはずの関東軍はお先に去って、残されたのは高齢者と女性・子どもたちだった。すると、ソ連軍からの退避行にも限界がある。力尽きた多くの母親は、子らに守り札を手渡し、「年よりは足手まといになるから」お前たちだけで祖国へと、涙ながらの別れを告げたはずである。

国が始めた戦争は遠い過去となったが、女性の遺書は「戦争」そのものではないか。事故の収束には気の遠くなる年月と労力や財源が必要で、住みなれた故郷をゴーストタウンにした原発は、「平和利用」と「安全神話」の元に登場したのだ。かつての太平洋戦争が「東洋平和」と「神国日本」で暴走したのを、忘れてはなるまい。

開戦の日の一九四一年十二月八日を、かすかに記憶しているが、朝起きたらドンドンパチパチのさなかだった。これから米英と闘うがどうかと、問われた国民は一人もいない。その「政府の行為」の戦禍再来にストップをかけて、平和的生存権を確保するのは、主権者たる私たちの使命だろう。戦争も原発もあってはならないと思う。

91　無念の思いを

三月十日はなんの日か、と聞かれて、「東京大空襲」と答えられる人は、どのくらいいるのだろうか。

正解者はごく少数かと思われる。無理もない。国や東京都による戦災継承館があるわけではなく、軍人、軍属にはこれまでに六十兆円も投じられているのに、民間の被害者にはなんの補償もなく、しかも七十年余も過去の出来事なのだから。

戦後の私は、まだ十代のうちに東京大空襲下の体験を自分史に書いたが、もはや語るすべもない友たちの無念の思いを少しは受け継がなければ…という気持ちに押されてだった。

しかし、働きながらの第一作は、生活綴方《つづりかた》に毛の生えたようなもので、世論を喚起する力などあるはずがなかった。

それでは、いつの日か、都民の戦禍を組織的にまとめる手だてはないものかと思いあぐねて、「東京空襲を記録する会」を呼びかけたのだが、歳月は経過し、すでに代表の有馬頼義氏はじめ、ほとんどの方は故人となった。残されたのは最年少だった私くらいでしかない。

それでも収集した資料を「平和祈念館」建設計画を引き継ぐ都に預けてきたので、会を閉じるわけにはいかず、自動的に私が寄託者にさせられてきた。

ところが、その建設計画が「凍結」となり、資料の一部を引き取れの非常事態となったのが一九九九年。一部とはいえ、段ボール箱で四十箱ほどもあり、引き取りが無理なら、倉庫代を払えだった。仕方なく一年間は払ったが、先のことを考えると、暗然たる思いにならざるを得なかった。

どんなに小規模でも、十万人もの声なき声を継承する戦災資料センターを作れないものか。私が少し関係していた「政治経済研究所」に相談していた頃に、用地の無償提供者が現れた。「社会的にお役に立つのなら」の申し出に感動した。残りは上物《うわもの》だけだ。研究所の皆さんの協力により、まさに背水の陣で、民間募金に踏みきったのだ。

92 君の声を声に

二〇〇二年、民間募金は目標の一億円をなんとか達成し、江東区北砂一―五に、「東京大空襲・戦災資料センター」が、開館した。

それから十六年。途中で倍ほども増築して、「知っているなら伝えよう、知らないなら学ぼう」の精神で、これまでに約十八万人の来館者を迎えてきた。とりわけ修学旅行生徒などの若い世代に対する大空襲の実態と、平和・いのちの大切さの語り継ぎは、平和の種まき作業ともいえよう。

「戦災の体験を語り継ぐことで、戦争がくいとめられますか」

東京大空襲・戦災資料センターの外観

中学生の一人から、そんな質問を受けたことがある。

「残念ながら無理でしょうね。でもね、戦争を阻止する差しあたりの一歩にはなると思うよ。体験者は語り、書き残す。そして君たちは、戦争になったら民間人はどうなるのかを知り、学ぶ。それが未来の平和に生かされることはたしかで、誰もが傍観者であってはならないと思う」

私は、そんなふうに答えたものだが、戦争体験の継承に新たな問題が浮上してきた。体験の語り手はもちろんのこと、センターを支える維持会員や協力者の高齢化である。体験が「歴史」に移行する日が、目の前に迫ってきたのである。

かくいう私も、八十代のなかばを越えつつある。ない知恵をふりしぼって、能力以上の仕事をしてきたという自負はないではないが、カミさんやよき友を失い、明日はどうなることやら。センターはいま、急ピッチで次世代に平和のバトンを手渡すべく、非体験者にもわかりやすく感動的な展示リニューアルを目指して、討議を重ねている。ご協力をお願いしたい。

余分な苦労を重ねつつ活力にしてきた私の、次世代へ贈る言葉は、ほんのひとことだ。

「何事も、すべては一人から始まる。君の声を声に、そして力に…」


（おわり）

あとがき

東京新聞編集局から、夕刊連載の「この道」執筆依頼が舞いこんできたのは、去年（二〇一七）夏のさなかだった。

「この道」は、私も愛読していたのだが、筆者はみな高齢の著名人で、お元気なうちに、その足跡を紹介しようという企画と、受けとれた。その一人に入れてもらえたのは幸せだったが、私もついにそんなトシになったのかと、少しやるせない気がした。

さて、私にできるか、どうか。シメ切りまでの準備期間が一カ月もないのが不安だったが、着手していた児童向けの『赤ちゃんと母《ママ》の火の夜』（新日本出版社）が一段落したところで、よしと覚悟を決めた。

それから大車輪で、いつものように2Bの鉛筆を片手に、メモ用紙で構成を練った。

どこで生まれてどうなってという書き出しが一般的だが、これまでに書いてきたものとのダブりが心苦しく、私は現在の「戦災資料センター」の活動から入って、波瀾万丈の青・壮年期を経て、また現在に戻るのが書きやすかった。そして、読者もまた読みやすいのではないかと考えた。

改めて、わが過ごし日々を振り返れば、決してスンナリときた尋常な歳月ではなかったと思う。寒さと飢えと、どうしようもない寂しさの少年期に、生きるか死ぬかの戦争が黒雲のようにやってきて、敗戦で太陽がやっと見え隠れしたかのとたんに、二十代なかばで失業。その後は定職なしのまま、今日に至っている。

卒業校は、国民学校高等科でしかなく、クジ引きではないが、手にするクジは、みな「はずれ」ばかり。それ故、「はずれ」クジの友の心情が少しは理解できて、おのずと人間的想像力にもつながり、そんな感覚を下地に、2Bの鉛筆一本で、次々と書いてまとめてきた。ワープロもパソコンも、ケータイもなしで、特に不自由はしなかった。


今回の執筆では、これまでの人生を俯瞰しながら、当時は見落としていたあの日あの時の悩みや迷いが、私なりに客観視できたのが、収穫だったかと思う。

当時は無我夢中で、見えにくかった「出口」が、やっと見えてきたようである。人よりも余分な苦難を越えてきた加齢のせいか。「はずれ」クジもあってもいいし、老いも捨てたものではない。

書くことは、自分をつきつめることでもある。残りの人生は、走り続けてきた自分を見つめ直すことで、もっと私らしく生きたいものだと思う。

私の「この道」連載は、二〇一七年九月一九日号夕刊から始まって、年末の一二月二八日までの八十二回となった。公平に見て長い方である。編集局の稲熊均氏のお世話で、自由に書かせてもらえて無事に完結。次いで、新日本出版社の柿沼秀明氏の尽力で、連載原稿に十一回分を追加してまとめられたのが、本書である。ご両者のお力添えに、感謝の意を特筆させていただく。

折しも、この国の政治は、新たな「戦前」に突入しようとしている。

憲法九条に自衛隊が認知された場合は、どうなるか。すでに閣議決定された集団的自衛権（私にいわせれば戦闘権）により、自衛隊の武力行使は無制限となる。戦争放棄・戦力不保持はカラ手形となり、この先には徴兵制が浮上してくるかもしれない。

「沈黙は大罪なるを知れよ君　今叫ばずば千載の悔」と詠んだのは土屋公献《つちやこうけん》氏だが、「これはやばいぞ」「これはおかしい」と思う人は、そう声に出して一歩前へ。次いで身近な誰かさんと手をつないで、共に一歩前へ。そうしたドーナツ状の運動の輪作りが急務ではないのか。

本書が、次世代に反戦平和をと願う人たちの一書になることを信じて、かなり短くなった2Bの鉛筆をおくこととする。

（二〇一八年四月）

早乙女勝元（さおとめ　かつもと）
1932年東京生まれ。作家、東京大空襲・戦災資料センター館長。主な著書に『蛍の唄』（新潮文庫）、『わが母の歴史』（青風舎）、『アンネ・フランク』『もしも君に会わなかったら』『私の東京平和散歩』『ゆびきり』（以上、新日本出版社）、『東京空襲下の生活日録』（東京新聞出版局）、『平和のための名言集』（編・大和書房）など多数。

初出・協力
『東京新聞』夕刊連載「この道」2017年9月19日～12月28日、早乙女勝元掲載分をまとめました。収録にあたり改稿と書き下ろしを加えました。

その声《こえ》を力《ちから》に

2018年5月30日　初　版

著　者　早乙女　勝　元
発行者　田　所　　稔

郵便番号　151-0051　東京都渋谷区千駄ヶ谷4-25-6
発行所　株式会社　新日本出版社
電話　03（3423）8402（営業）
03（3423）9323（編集）
info@shinnihon-net.co.jp
www.shinnihon-net.co.jp
振替番号　00130-0-13681
印刷・製本　光陽メディア

落丁・乱丁がありましたらおとりかえいたします。

ISBN978-4-406-06255-8 C0095　Printed in Japan